D1321591

6

Collection DELLY

SOUS L'ŒIL
DES BRAHMES

Chez TALLANDIER

Dans la même collection

DELLY

SOUS L'ŒIL
DES BRAHMES

(Tome I)

TALLANDIER
61, rue de la Tombe-Issoire PARIS (XIVe)

On retrouvera dans ce roman les mêmes personnages que dans « L'ENFANT MYSTÉRIEUSE », tome I et II.

TOME I

LE DIEU VICHNOU

SOUS L'ŒIL DES BRAHMES

I

Sur les flots bleus de la Méditerranée, un magnifique yacht blanc glissait majestueusement. Sur son étrave, on lisait, en lettres d'or, le nom que lui avait donné son propriétaire, le maharajah de Bangore : *La Trimourti*.

A bord, un couple radieux vivait le plus enchanté des rêves... Maun-Sing, le riche maharajah, emmenait dans son pays mystérieux une délicieuse fiancée que le hasard, providence des amoureux, avait placée sur son chemin. Et Manon, la charmante jeune fille dont le destin contraire avait fait une humble ouvrière en broderie, ne croyait pas encore à son bonheur.

Le maharajah, qui aimait la France et y faisait de longs séjours, connaissait Manon depuis longtemps. Alors qu'elle n'avait que six ans, elle avait été endormie, dans un dessein malveillant, par un brahme aux pouvoirs magiques et lui, qui connaissait tous les secrets de son pays, l'avait réveillée alors qu'on désespérait de la sauver. Il l'avait retrouvée, plus tard, jeune fille, en butte aux persécutions de ce même Hindou et d'un Français et, à la fois pour la soustraire à ces bandits et parce que l'amour s'était glissé dans son cœur, il l'avait enlevée et... séquestrée sur son yacht... sans que personne de son entourage puisse savoir ce qu'elle était devenue.

Manon avait vivement protesté contre ces méthodes qui, de prime abord, apparaissaient plus dignes d'un forban que d'un gentleman. Mais elle aussi, dans le secret de son cœur, aimait le beau Maun-Sing et elle avait été vite conquise. La veille de ce jour lumineux, elle avait dit avec un délicieux émoi et une charmante simplicité :

— J'accepte de devenir votre femme...

Et par cette simple phrase, elle avait tiré un grand trait sur son passé d'enfant trouvée à qui la vie avait offert plus d'épines que de roses.

Elle n'avait mis à ce mariage qu'une condition : être mariée par un prêtre catholique et Maun-Sing s'était incliné avec courtoisie.

Il cherchait en toutes choses à contenter les moindres désirs de Manon.

— Demandez-moi ce que vous voudrez,

lui avait-il dit. Ici, tout vous appartient, tout vous obéira, parce que je le veux.

Et plus bas, en baisant la main charmante ornée de l'étincelant saphir qu'il lui avait offert comme bague de fiançailles, il avait ajouté :

— Moi tout le premier...

Son intelligence souple et profonde, ses dons intellectuels, sa brillante culture d'esprit, s'unissaient à sa séduction physique pour captiver Manon. L'amour s'emparait, chaque jour un peu plus, de ce cœur de jeune fille...

Elle vivait en plein songe féerique, dans l'ensorcelante atmosphère que lui faisait l'amour de Maun-Sing.

Ahélya, la sœur du maharajah, à qui, en France, elle avait donné des leçons de broderie, la quittait le moins possible, se promenant avec elle sur le pont, ou travaillant près d'elle sous la tente qui les abritait des ardeurs du soleil.

Ahélya était souvent accompagnée par sa servante, Sâti, une jeune Hindoue qui n'était pas très sympathique à Manon. Dans les yeux noirs de cette fille, souvent cachés sous leurs paupières mates, elle avait cru voir plusieurs fois une lueur de haine, quand ils glissaient un regard vers elle.

Parfois aussi, elle rencontrait le conseiller et confident de Maun-Sing, un brahme nommé Dhaula qui avait élevé le maharajah. Il l'enveloppait d'un coup d'œil défiant et murmurait sur son passage des paroles qui semblaient des malédictions. Cela n'allait pas sans l'inquiéter un peu...

Cependant, au milieu de son bonheur imprévu, qui la grisait un peu, Manon pensait à ses amis de France qui devaient être fort inquiets de sa disparition subite. Certes, elle était heureuse, mais elle ne devait pas oublier ceux qu'elle avait aimés autrefois. Quelques jours après ses fiançailles, elle avait demandé au maharajah si elle ne pourrait pas leur écrire, pour les rassurer sur son sort.

Il répondit :

— Oui, pourvu que vous ne donniez aucune indication susceptible de faire retrouver votre trace... J'enverrai cette lettre à Marseille, afin qu'un homme sûr la fasse partir d'une petite ville quelconque de la région, pour égarer les recherches possibles.

Manon avait donc écrit à une de ses amies, Lucie, qui habitait la même maison qu'elle et pour laquelle elle éprouvait une vive amitié. Mais, suivant le désir exprimé par le maharajah, sa lettre avait été brève :

« Ne vous tourmentez pas pour moi, mes chers amis. Je suis très heureuse. Un jour, je l'espère, nous nous reverrons.

« Votre toute dévouée,

« Manon. »

Maintenant, *La Trimourti* approchait du but... Encore deux jours et les côtes de l'Inde apparaîtraient.

Un samedi, tandis qu'elle regardait à l'arrière du yacht les évolutions amusantes d'un jeune singe, Manon entendit des gémissements.

Elle se précipita vers l'endroit d'où ils venaient et vit un robuste Hindou en train de donner la bastonnade à un homme étendu à terre.

Il y allait avec vigueur et le malheureux se tordait de souffrance.

Manon s'écria :

— Laissez-le !... Laissez-le !... Qui vous a ordonné ?...

L'Hindou, s'interrompant une seconde, répondit laconiquement :

— Eh bien ! attendez !... Je vais lui demander...

Et elle s'élança vers l'avant du yacht.

Maun-Sing, à demi étendu dans un fauteuil, fumait en écoutant la lecture des journaux anglais que lui faisait Jeimal.

La jeune fille vint à lui, en s'écriant :

— Je vous en prie, ordonnez qu'on cesse le supplice de ce pauvre homme !... C'est trop affreux !

— Quoi donc ?... Quel supplice, chère Manon ?

Tout en parlant, le maharajah jetait sa cigarette, se levait et s'approchait de la jeune fille.

— Un malheureux qu'on bat cruellement... Il paraît que c'est par votre ordre ?

— Sans doute est-ce d'Anang que vous voulez parler ?... C'est un paresseux fieffé, que je fais mettre à la raison.

— Oh ! c'est trop !... c'est trop ! Pardonnez-lui maintenant !

Elle le suppliait, les mains jointes, le regard chargé de prière.

Il murmura passionnément :

— Vous êtes plus ravissante que jamais, ce matin, Manon ! Que pourrais-je vous refuser ? Je n'ai que le désir de vous être agréable.

Et, tout haut, il ordonna, s'adressant à Jeimal :

— Va dire que je fais grâce à Anang.

Le favori s'inclina profondément et s'éloigna.

Alors, Maun-Sing prit la main frisson-

14

nante de Manon et, penché vers sa fiancée, il demanda avec une caressante ironie :

— Le cœur sensible de ma chère Manon me taxe sans doute de cruauté ?

— Oh ! oui !... Pour une faute de paresse, un pareil châtiment !

— Qu'auriez-vous dit au temps de mes ancêtres ? Comment, vous avez les larmes aux yeux ?... Allons, ma bien-aimée, oubliez cela ! Montrez-moi votre délicieux sourire que j'adore !

Il s'inclinait, baisait les cheveux soyeux, puis le front si blanc, doux et satiné comme un pétale de rose... Et Manon sourit, tandis qu'une larme achevait de glisser sur sa joue.

Car elle venait de comprendre qu'elle obtiendrait tout de l'homme qui l'aimait avec une si fervente, si exclusive passion.

Vers la fin d'un après-midi, dans la clarté adoucie du soleil couchant, le maharajah de Bangore arriva avec sa suite à l'entrée de l'étroite vallée où s'élevaient le palais de Madapoura et la ville qui avait été la capitale de ses ancêtres.

Ville bien déchue, presque morte, depuis la dépossession de son souverain par les Anglais.

Ceux-ci y entretenaient un petit poste, d'ailleurs considéré comme inutile, l'actuel maharajah ne donnant pas prise à la moindre défiance et les habitants se tenant toujours fort tranquilles.

Manon, du haut de l'éléphant sur lequel elle se trouvait assise, dans une riche haudah, près de la princesse Ahélya, entrevit un lac sombre, des palais, des maisons à terrasses, une végétation luxuriante, de féeriques jardins, tout cela dispersé au fond de la vallée, qui avait la forme d'un cratère profond entouré par la jungle épaisse.

A gauche, sur une hauteur, se dressait le palais, vision merveilleuse dans la pâleur du soleil déclinant qui caressait les dômes recouverts d'émaux bleus et de plaques d'or, les balcons dorés, les tourelles de marbre devenues d'une délicate nuance de vieil ivoire.

La petite population de la ville se tenait prosternée sur le passage du maharajah, qui montait un superbe cheval d'un noir d'ébène. Il y avait aussi quelques soldats anglais, à l'attitude correcte, quelques étrangers, curieux et intéressés, au respectueux salut desquels Maun-Sing répondait avec une grâce hautaine.

Le cortège gravit lentement les rampes dallées qui menaient au palais, entre des remparts crénelés dont la base reposait sur des contreforts plongeant à pic dans la vallée.

Une porte en ogive, précédée d'un corps de garde, donnait accès à la première enceinte... De distance en distance, trois autres portes monumentales, encore garnies de herses, défendaient l'accès du palais.

La chaussée, en pente raide, s'élevait le long de parois rocheuses et de rocs surplombants, où, comme l'expliqua Ahélya à Manon, étaient creusées des cavernes et sculptés des autels, des statues, des bas-reliefs.

Elle lui montra aussi des bassins qui s'enfonçaient dans le roc, à une grande profondeur, et qu'alimentaient des sources ; au-dessus s'élevait un élégant plafond de pierre que supportaient des colonnes.

Un peu partout se voyaient, taillées dans le roc, des figures d'hommes ou d'animaux.

Tout cela, dans la tiède clarté du couchant, apparaissait à Manon comme une vision fantastique des âges passés.

Puis, l'arche sarrasine de la quatrième porte passée, la jeune fille vit sur sa droite une des façades du palais, posée au bord même du roc vertigineux qui descendait à pic dans la vallée.

Elle était sobrement décorée de balcons, de pilastres, de cordons dentelés, de mosaïques en briques émaillées, d'élégants clochetons sculptés.

Puis, en tournant, Manon aperçut la façade principale, ornée d'émaux d'une merveilleuse variété de nuances, et au centre de laquelle se dressait une monumentale porte de marbre, ornée d'admirables mosaïques.

Là, le maharajah et sa suite mirent pied à terre... Tandis que Maun-Sing disparaissait à l'intérieur du palais, Ahélya et Manon traversaient une cour entourée de colonnades de marbre, rafraîchie par des eaux jaillissantes, et de là gagnaient un des palais de rêve disséminés dans un ravissant jardin.

— Voilà celui que Maun-Sing vous a destiné, chère Manon, dit Ahélya.

Ce petit palais de marbre blanc était la plus délicieuse chose du monde. Des mosaïques en pierres précieuses le décoraient, à l'intérieur et à l'extérieur. De véritables dentelles de marbre formaient les fenêtres qui donnaient sur la vallée. D'autres, à arceaux dentelés, ouvraient sur le jardin... Les chambres, très fraîches, s'ornaient de dorures, de mosaïques, de délicates peintures. Sur le dallage de marbre d'un salon étaient dessinés des fleurs, à l'aide d'agates, d'onyx, de sardoines.

Ce fut dans ce palais des *Mille et Une Nuits,* où le confort européen s'unissait à la

18

splendeur orientale, que Manon dormit son premier sommeil à Madapoura, dans l'atmosphère parfumée des innombrables senteurs du jardin enchanté, à peine entrevu encore.

II

Deux jours plus tard, Manon était unie au maharajah de Bangore.

En grand mystère, Maun-Sing avait fait venir un prêtre français, qui dirigeait une mission catholique à quelques lieues de là... Dans une pièce retirée du palais, au milieu de la nuit, fut béni le mariage de Manon Grellier, l'enfant trouvée, avec Sa Hautesse Maun-Sing, le descendant de puissants potentats, petit-fils de Thérèse de Jalheuil, issue d'une vieille famille française.

Jeimal, le favori du maharajah, et l'un de ses serviteurs préférés, un vieil Hindou du nom de Dinkur, étaient les témoins de cette union secrète. Après quoi, on reconduisit le prêtre aussi mystérieusement qu'on l'avait amené, dans les ténèbres.

Le rêve continuait pour Manon.

Elle se voyait transformée en une princesse orientale, dans un palais de conte de fées. Enfant, elle avait rêvé des plus extraordinaires aventures... N'en était-ce pas une, qu'elle vivait en ce moment ?

Mais, au-dessus de tout, il y avait Maun-Sing, et son amour si ardent auquel, discrètement et tendrement, répondait le sien. Ils vivaient des heures délicieuses, dans le petit palais de marbre blanc, ou bien dans le merveilleux pavillon, vaste kiosque de marbre précédé d'une véranda aux arceaux mauresques, où se trouvaient les appartements du maharajah ; l'intérieur en était décoré avec une prodigieuse richesse. Les parois de certaines pièces étaient formées d'une combinaison de pierres précieuses du plus ravissant effet... Des draperies de soie tissée d'or et d'argent retombaient devant les portes. De magnifiques tapis, des coussins et des divans moelleux achevaient la décoration de ces appartements, éclairés, du côté de la vallée, par des treillis de marbre d'une délicatesse d'exécution incomparable.

Manon disait à son mari :

— Vraiment, vous devez trouver nos plus belles demeures d'Europe mesquines, près de ceci !

Il répondait :

— Oui, en un sens. Mais elles ont d'autres beautés, que je sais comprendre.

Les jardins réservaient à Manon de nouveaux émerveillements. Dans des canaux de

22

marbre glissait une eau limpide qui, traversant des bassins ornés d'incrustations, se divisait ensuite en ruisselets, parmi les bosquets de goyaviers, d'orangers, de grenadiers... Le long d'allées au dallage de marbre blanc se dressaient des palais, des kiosques, de ravissantes colonnades autour desquelles s'enchevêtraient le jasmin et les roses... Des oiseaux gazouillaient partout, des singes gambadaient sur les terrasses, des daims, des chevreuils s'ébattaient sous les arbres centenaires... Et l'air était saturé, le soir surtout, d'enivrants parfums exhalés des fleurs qui surgissaient, partout, en folle profusion.

— Jamais je ne finirai d'admirer ! disait Manon à Maun-Sing, qui se plaisait à lui montrer en détail toutes ces merveilles.

Ahélya occupait un des palais, avec les femmes attachées à son service... Manon passait quelques moments près d'elle chaque jour, aux heures où Maun-Sing était occupé avec Dhaula et ses secrétaires. Mais la présence de Sâti lui devenait de plus en plus désagréable, car elle croyait comprendre, aux brûlants regards dirigés par la jeune Hindoue sur le maharajah, la raison de la malveillance dont elle se sentait l'objet de sa part.

Manon savait qu'il lui suffirait d'un mot pour que Maun-Sing fît éloigner aussitôt celle qui lui déplaisait… Mais il répugnait à sa délicatesse de céder ainsi à une antipathie, d'user de son influence contre quelqu'un. Elle jugeait préférable d'attendre, tout en tenant en défiance la belle Hindoue.

De cette demeure enchantée, Manon ne sortait guère… Parfois, en palanquin, on la conduisait à la mission catholique, considérablement éloignée. Puis, dans le même équipage, elle visita un jour la ville, en compagnie d'Ahélya.

Peu à peu, depuis la dépossession des souverains, les familles riches avaient déserté la cité… Maintenant, les palais dormaient au bord de l'étang, ou dans l'ombre des bosquets d'orangers et de manguiers. Plusieurs s'écroulaient lentement, et des bandes de singes prenaient possession de ces logis abandonnés, envahis par les lianes.

Le long des rues étroites, plusieurs boutiques étaient closes. L'herbe poussait entre les dalles de certaines voies rarement fréquentées maintenant… Mais on voyait encore d'assez nombreux jardins, tous charmants, et des temples bien entretenus s'élevaient au fond de la vallée, à l'ombre de manguiers énormes.

Sur le passage des palanquins, les habitants s'écartaient précipitamment… Manon en demanda un peu plus tard la raison à son mari, tandis que tous deux, avec Ahélya, prenaient une collation dans un exquis petit palais d'été situé au bord de l'étang, et où le maharajah était venu les attendre.

Maun-Sing expliqua :

— Autrefois, sous peine de mort, on devait s'éloigner en toute hâte dès qu'on apercevait le palanquin ou les éléphants portant les femmes de la cour. L'habitude s'en est conservée, car je n'ai jamais songé à rapporter cette ordonnance.

Manon dit, moitié souriante, moitié inquiète :

— Mais j'espère bien que, si quelqu'un y contrevenait, vous n'appliqueriez pas la punition ?

Il sourit, en répliquant :

— Certainement si… mais je permettrais à ma belle Manon de demander la grâce du coupable… et peut-être la lui accorderais-je.

— Oh ! par exemple, voilà qui ne fait pas pour moi l'ombre d'un doute ! Mais avez-vous donc conservé le droit de vie et de mort, ici ? Je croyais que les Anglais…

Il l'interrompit, d'une voix brève et tranchante :

— Ce droit, je le garde, en dépit de tout. Le vrai, le seul maître, sur tout ce territoire, c'est moi.

Une lueur traversait son regard qui devenait dur et impérieux.

Manon en ressentit une impression pénible... L'amour dont l'entourait Maun-Sing ne pouvait lui voiler complètement ce que cette nature avait pour elle d'inconnu, de mystérieux. Elle le pressentait inflexible, peut-être cruel, et elle le savait orgueilleusement autocrate... Il était le souverain, craint, adulé plutôt, car c'était vraiment un culte idolâtrique que lui rendait tout son entourage.

Manon en éprouvait un secret froissement et une vive surprise. Comment cet homme si remarquablement intelligent, élevé en partie à l'européenne, qui lui avait dit avoir dans les veines du meilleur sang français, adoptait-il ces vieux errements de ses ancêtres, qui se prétendaient issus du dieu Brahma en personne ?

La jeune femme se réservait d'interroger plus tard son mari à ce sujet et de l'amener doucement à changer ces coutumes.

Autre chose encore l'intriguait.

Que faisait donc Maun-Sing, chaque jour, en s'enfermant dans une pièce de son palais avec Dhaula et trois ou quatre Hindous de haute mine ?

Il disait à Manon : « J'ai des affaires à traiter... » Quelles affaires, puisqu'il n'était qu'un souverain dépossédé ? Il ne s'agissait évidemment pas de sa fortune, administrée par des intendants ; d'ailleurs, quelque énorme qu'elle fût, elle n'eût pas demandé cette conférence quotidienne. Alors ?... Là encore, Manon sentait l'inquiétant frôlement de l'énigme et croyait voir une ombre passer sur son bonheur.

Mais il savait si bien lui faire oublier ses craintes, vagues et fugitives ! Elle se le disait encore le soir de ce goûter au petit palais d'été, tandis qu'ils causaient tendrement, assis sur la superbe terrasse de marbre qui s'étendait au-dessus de la véranda, devant les appartements du maharajah.

La lune, à son troisième quartier, éclairait délicatement les jardins, les eaux jaillissantes, les palais dont on devinait la blancheur, dans la profondeur des allées bordées de citronniers, de grenadiers, de goyaviers. On ne sentait pas un souffle d'air. Mais la fraîcheur des eaux s'insinuait dans l'atmosphère chargée de toutes les senteurs qui s'exhalaient des parterres fleuris.

Manon disait gravement :

— Je voudrais savoir ce que pensent mes amis de France et surtout ce que devient mon cher Achille, le fils de celui qui, ainsi que je vous l'ai raconté, m'a ramassée sur le bord de la route et chez qui vous m'avez sauvée d'une mort atroce alors que je n'étais qu'une toute petite fille. Je ne me doutais pas alors que je serais, un jour, votre femme bien-aimée...

— Je ne m'en doutais pas non plus.

— Quand pourrai-je leur écrire, reprit Manon, en leur demandant de me répondre, Maun ?

— Un peu plus tard, ma chérie. Je t'avertirai quand le moment sera venu.

Elle demanda :

— As-tu peur qu'on te fasse des ennuis à cause de moi ?

Il hésita imperceptiblement, avant de répondre :

— Mais oui, évidemment... J'aurais des comptes à rendre à la justice, chère Manon, pour t'avoir si cavalièrement enlevée à l'autorité de ton tuteur. Il faut donc, momentanément, garder le silence.

Elle murmura :

— Cela me fait de la peine, à cause d'eux... Je me demande ce qu'ils s'imaginent...

— Qu'as-tu à te tourmenter de cela ? Tu es heureuse, ici... très heureuse, tu me l'as dit. Oublie tout, Manon, pour ne songer qu'à notre amour.

Sa main avait rejeté le voile qui couvrait la tête de la jeune femme et caressait l'admirable chevelure d'un brun si chaud, dans laquelle brillait un anneau d'or ciselé, orné d'émeraudes et de diamants.

Mais Manon dit gravement :

— Il faut penser à d'autres qu'à nous seuls, Maun. Nous avons des devoirs à remplir, ne l'oublions pas.

Il sourit, en baisant le front charmant.

— O ma sage Manon, nous tâcherons d'y penser ! Mais quand je suis près de toi, le monde entier n'existe plus pour moi.

Elle le savait, et cette conscience de son pouvoir l'amenait à espérer que, peu à peu, influencé par elle, Maun-Sing deviendrait tel qu'elle l'eût souhaité.

Mais il faudrait de la patience et une inébranlable fermeté, de sa part, pour qu'elle restât, moralement, plus forte que lui — ce qui était le secret de sa domination sur ce cœur orgueilleux, saturé des plus serviles adulations.

Un peu plus tard, ils gagnèrent le petit palais de Manon... Sur eux, la lune versait sa pâle lumière. Ils s'arrêtèrent un instant près d'un bassin où jaillissait une eau argentée par ces rayons lunaires. Maun-Sing entourait de son bras les épaules de sa femme, et sa voix chaude répétait les mots d'amour que Manon ne se lassait pas d'entendre.

Derrière une colonne, une ombre se blottissait, en attachant sur eux, des yeux brillants de haine. Une femme était là, qui frissonnait de douleur et de jalousie furieuse, en les écoutant, en les regardant. Elle les suivit des yeux, tandis qu'ils disparaissaient dans le petit palais blanc, éclairé pour les recevoir... Alors, elle s'éloigna à son tour. Mais ses jambes fléchissaient et son buste se courbait comme celui d'une vieille femme. Au moment où elle allait atteindre la véranda du pavillon occupé par la princesse Ahélya, un homme surgit d'un bosquet voisin et lui barra le chemin.

Elle s'immobilisa, avec une exclamation d'effroi. L'homme dit à voix basse :

— Tais-toi !... Je suis ton frère.

Elle balbutia :

— Juggut !

— Oui, c'est moi. Viens ici, j'ai à te parler, Sâti.

Il l'entraîna vers le bosquet.

— Là, nous serons mieux. Il ne faut pas qu'on connaisse ma présence ici, pour diverses raisons que je ne t'expliquerai pas aujourd'hui. L'une d'entre elles est que je ne suis pas dans les bonnes grâces de Sa Hautesse, ni dans celles de Dhaula, mon oncle très estimé.

Un sourire de sarcasme soulevait sa lèvre épaisse, montrant des dents aiguës comme celles d'un carnassier.

Il était plus petit que sa sœur, mince, d'apparence très agile. Les traits de son visage apparaissaient d'une régularité parfaite ; les yeux étaient beaux, mais leur expression manquait de franchise, et d'inquiétantes lueurs y passaient souvent.

Sâti considérait son frère avec une vive surprise... Elle murmura :

— Et moi qui te croyais à Delhi !

Il leva les épaules.

— Tu te trompais, voilà tout ! J'étais plus près, beaucoup plus près. Mais, comme je viens de te le dire, je ne me soucie guère d'être mal reçu par le maharajah et par mon oncle.

— Pourquoi serais-tu mal reçu ?... Tu n'as rien fait, que je sache ?...

— Non... Mais j'ai conscience d'avoir toujours déplu à Sa Hautesse. Quant à mon oncle, il se défie de moi. La preuve en est que j'ai été envoyé à Delhi — parce que, ici, on ne veut que des hommes sûrs. Donc, silence sur la visite que je te fais, Sâti !

Elle inclina affirmativement la tête, en disant :

— Personne ne la connaîtra, je te le promets.

— C'est bien... Maintenant, écoute... J'attends encore autre chose de toi. Il faut que tu arrives à savoir ce qui se trame entre Sa Hautesse et Dhaula.

Elle répéta d'un ton stupéfait :

— Ce qui se trame ? A quel propos ?...

— C'est ce que tu devras m'apprendre.

Tu es souple, intelligente. Tu sauras te glisser où il faut, entendre et te souvenir.

Une lueur avait passé dans les yeux de la jeune fille.

Elle dit lentement :

— Si tu m'avais demandé cela il y a quelques mois, je t'aurais répondu « non » aussitôt.

— Pourquoi ?

Elle garda le silence... Ses doigts, minces et nerveux, faisaient glisser lentement les anneaux d'or le long de son bras.

Juggut répéta, d'un ton impatient :

— Pourquoi ?

— Parce que je n'aurais pu avoir, même un seul instant, la pensée de trahir Maun-Sing.

Un sourire glissa entre les lèvres du jeune homme.

— Oui, naturellement, tu l'aimais ! Et qu'a-t-il donc fait pour que, maintenant ?...

Le visage de Sâti frémit et ses prunelles s'allumèrent d'un feu sauvage.

— Il a ramené une Française, dont il est follement épris. Cette femme, je la hais !... Et lui... lui, je l'aime plus que jamais ! Il faut que je les sépare. Il faut que je la fasse souffrir, cette Manon, si belle, qu'il aime éperdument. Ah ! si tu les avais vus, tout à l'heure, Juggut !... Je frissonnais de désespoir et de haine, en les regardant, en les écoutant ! Cette étrangère est tout pour lui. Je n'ai plus l'espoir d'attirer jamais son regard, qui déjà auparavant me considérait avec indifférence... Alors, je veux me venger de lui et d'elle à la fois. Si tu m'en offres le moyen, sois le bienvenu, Juggut !

Il mit sa main sur l'épaule de sa sœur, en plongeant ses yeux dans le regard brillant de haine.

— Je te l'apporte. Pour le moment, je ne peux t'en dire davantage, car j'ai promis le secret. Mais fais ce que je te dis, surveille, écoute, tâche de surprendre quelque chose. Tous les trois jours, je viendrai ici, à cette même heure, et tu me rapporteras ce que tu as pu savoir.

— Ce sera fait.

— Bien... Maintenant, je te quitte, Sâti.

— Au cas où j'aurais quelque chose de pressant à t'apprendre, comment t'en informerais-je ?

Il réfléchit un moment.

— Aurais-tu un messager sûr ?

— Personne... Ici, tous sont fanatiquement dévoués à Maun-Sing.

— En ce cas, tu rédigeras ton message en termes un peu obscurs et tu le feras porter chez Adoul, un pieux solitaire qui a élu domicile près de l'étang sacré, dans les ruines d'un palais abandonné. Au revoir, Sâti, et à bientôt !

Il se glissa hors du bosquet et disparut dans la nuit.

Sâti resta un moment immobile, les traits contractés. La flamme mauvaise luisait plus que jamais dans ses prunelles... Et elle murmura farouchement :

« Ah ! la vengeance !... la vengeance, comme ce sera doux ! »

Une heure plus tard, deux hommes s'entretenaient à voix basse, dans une des pièces encore existantes d'un vieux palais qui s'écroulait lentement, sur la rive de l'étang.

L'un était Juggut. L'autre, plus âgé, avait des yeux vifs et durs, qui luisaient dans son visage bronzé, parsemé de rides.

Le jeune disait :

— Sâti fera ce que nous voudrons, Sangram. Elle est furieusement jalouse de la favorite de Sa Hautesse, qui est, paraît-il, une Française d'une grande beauté.

Sangram sursauta :

— Une Française ?... Tu dis une Française ? Sais-tu son nom ?

— Sâti a dit en parlant d'elle : « Cette Manon. »

Le regard de l'ancien brahme s'éclaira d'une joie diabolique.

— Manon !... C'est elle ! Ah ! quelle chance merveilleuse de la retrouver ici ! Et

voici donc expliquée sa mystérieuse disparition.

Juggut demanda :

— Tu la connais ?

Mais, déjà, Sangram avait repris sa physionomie calme et fermée.

— Oui... Elle nous a déjà donné beaucoup d'ennuis, à un de mes amis et à moi. Il
faudra que nous réglions un jour cela avec
elle. Maintenant, Juggut, va dormir. La
partie est engagée contre Maun-Sing et
Dhaula. Qu'ils prennent garde à eux !

Quelques instants plus tard, tandis que
Juggut se roulait dans une couverture, sur le
dallage brisé, Sangram, toujours assis, laissait sa pensée errer et sa vie défilait devant
ses yeux avec une netteté extraordinaire.

Vingt ans plus tôt, fidèle de Maun-Sing, il
l'avait trahi et avec la complicité d'un
Français, le comte de Courbarols, il avait
tenté de découvrir le secret du trésor caché
par le frère du maharajah, au moment de
l'arrivée des Anglais en Inde. Leurs tentatives n'ayant pas été couronnées de succès,
ils étaient partis pour la France. Là, ils
avaient uni leurs efforts pour faire passer de
vie à trépas une enfant de six ans qui gênait
le comte de Courbarols. Mais, curieux
hasard, Maun-Sing, en réveillant l'enfant,
avait fait échouer leur tentative. Sans se
décourager, ils avaient multiplié les atten-

tats contre cette enfant devenue une jeune fille, provoquant la chute d'un cadre qui devait l'assommer, payant un assassin qui avait tué, par erreur, sa propre sœur... Tout avait échoué! La jeune fille semblait jouir d'une protection occulte qui la rendait taboue. De plus, toujours, le maharajah s'était trouvé sur leur route.

Et aujourd'hui?

Aujourd'hui, revenu en Inde, conspirant encore contre Maun-Sing, il retrouvait cette jeune fille, cette Manon, devenue la femme du maharajah.

III

Un mois avait passé, depuis l'arrivée de Manon au palais de Madapoura. Un mois de bonheur, à peine traversé de légers nuages. L'empire de la jeune femme sur Maun-Sing s'affirmait chaque jour un peu plus. L'orgueilleux maharajah se laissait dominer, pour la première fois, par une influence féminine. Celle-ci était, d'ailleurs, fort discrète, ne cherchant jamais à s'imposer, à triompher... Et là, précisément, résidait sa force, près d'une nature telle que celle de Maun-Sing.

Cependant, au milieu de sa félicité conjugale, Manon conservait toujours l'impression que son mari lui cachait quelque chose. Il y avait un secret dans sa vie. Il y avait une énigme flottant à travers ce palais féerique, jeté sur le roc à pic, au-dessus de la vallée, par le caprice d'un ancêtre de Maun-Sing. Mais Manon ne pouvait appuyer ce soupçon sur rien de très précis.

Il y avait bien ces figures inconnues, errant dans les jardins, et qui augmentaient en nombre chaque jour... A une question de sa femme, Maun-Sing avait répondu :

— Ce sont d'anciens et fidèles sujets, qui viennent me rendre leurs hommages.

Mais Manon s'étonnait qu'ils fussent si nombreux, ces courtisans d'un prince sans royaume.

Il arrivait aussi que, parfois, Maun-Sing avait des réticences, des hésitations... De même, Ahélya, discrètement interrogée par sa belle-sœur, laissait voir un embarras profond. A ces moments-là, Manon éprouvait un froissement mêlé d'inquiétude... Que lui dissimulait-il donc ? Que craignait-on d'elle ?... Fallait-il supposer à Maun-Sing quelque but blâmable, qu'il savait d'avance condamné par l'honnêteté de sa femme ?

Elle projetait de le questionner un jour à ce sujet, franchement. Mais elle attendait d'avoir à lui opposer quelque fait un peu plus précis que les doutes qui venaient l'assaillir, à certains jours surtout.

Le maharajah, en ce moment, reconstituait la ménagerie qui existait autrefois, près du parc des éléphants. Il faisait rechercher les plus beaux fauves, pour les installer dans cette partie de ses jardins. Et une jeune panthère, qu'il appelait Baïla, le suivait partout, humble et soumise sous son regard, se couchant aux pieds de Manon, qui, assurée du pouvoir étrange mais réel de son mari sur ces bêtes féroces, n'éprouvait aucune crainte d'un tel voisinage, tant qu'il était là.

Les heures passaient très brèves pour la jeune femme, qui travaillait, lisait — car il y avait une bibliothèque fort bien garnie dans un des pavillons du palais — et s'entretenait de mille sujets avec Maun-Sing, dont l'intelligence était brillante.

Souvent, ils se promenaient tous deux dans les jardins, dont le maharajah montrait à sa femme les merveilles. Mais ils s'arrêtaient toujours devant un roc énorme, qui s'élevait à pic, barrant l'horizon, et dans lequel se voyait une fissure où devait pouvoir passer le corps d'un homme.

— Cela conduit-il quelque part ? avait demandé un jour Manon.

— Oui, à de très anciens temples, creusés dans le roc.

Maun-Sing n'avait pas donné d'autres explications, ni offert à sa femme de lui montrer ces temples primitifs du brahmanisme.

Il ne lui parlait jamais de religion, la laissant libre quant à la sienne. Mais Manon ressentait toujours une impression désagréable lorsque, en entrant dans une des pièces de l'appartement du maharajah, elle voyait trois petites statues, Brahma, Siva et surtout Vichnou, l'idole de jade aux yeux de rubis.

Pourquoi celle-ci lui inspirait-elle une sorte d'effroi mêlé de répulsion ? Un soir, dans le salon aux panneaux de santal incrustés d'ivoire et d'argent, tandis que Maun-Sing lui lisait, en les traduisant, des poèmes hindous, elle se sentit attirée, jusqu'à la hantise, par ces yeux qui semblaient flamboyer, sous la lumière.

Un malaise s'emparait d'elle... Son mari s'en aperçut et demanda :

— Qu'as-tu, Manon chérie ?

Elle essaya de sourire, en étendant la main vers l'idole.

— Cette statue... ces yeux surtout m'impressionnent. Il me semble qu'ils me regardent férocement et qu'ils me menacent.

Un pli se forma sur le front du maharajah. D'un geste de protection tendre, il attira contre lui la jeune femme.

— Tu es folle !... Il n'y a là que deux rubis — les plus beaux de ma collection, avec celui-ci.

Il montrait la pierre magnifique qui ornait sa bague.

— Oui, je le sais bien... Mais c'est une impression nerveuse, que j'ai peine à surmonter.

De fait, invinciblement, son regard revenait aux yeux étincelants.

Maun-Sing eut un rire léger.

— Eh bien ! je vais te rassurer tout de suite.

Il se leva, prit un poignard au manche orné de pierreries et s'approcha de la statue. En un instant, il eut enlevé les deux gemmes superbes... Et, revenant à Manon, il les lui mit entre les mains.

— Tiens, elles ne t'effrayeront plus, maintenant, petite peureuse !... Ouzmal, qui est si habile, te les montera dès demain à ton gré, pour mettre dans tes cheveux ou à ton cou.

— Oh ! Maun, vraiment !... je ne te demandais pas cela !

Il riposta en riant :

— Je le sais bien ! Mais je te les donne quand même. Vichnou sera privé de ses yeux, voilà tout !

Une lueur de surprise passa dans le regard de la jeune femme... Que signifiait ce ton de raillerie ? Jusqu'ici, elle s'était figuré Maun-Sing comme un fervent et sincère adepte du brahmanisme, et rien n'était encore venu l'inciter à penser le contraire... S'était-elle donc trompée ?

Cet étonnement de sa femme n'avait pas échappé au maharajah. Cependant, sans avoir l'air de s'en apercevoir, il s'assit de nouveau près d'elle et reprit la lecture interrompue. Mais il semblait distrait, préoccupé, et, fréquemment, il glissait un regard soucieux vers la physionomie pensive de la jeune femme.

Vers dix heures, il ferma le livre en disant :

— Il est temps d'aller te reposer, Manon.

Elle se leva, en s'enveloppant de ses voiles... A ce moment, on gratta à la porte. Et quand le maharajah eut ordonné d'entrer, Dhaula apparut, humblement incliné.

Maun-Sing retint à peine un geste d'impatience.

Il demanda brièvement :

— Tu as besoin de me parler ?

— Oui, seigneur.

— Attends à demain. Ce soir, je ne suis pas disposé à t'entendre.

— Ton serviteur ose insister pour que tu l'écoutes maintenant, seigneur souverain.

Manon commençait à comprendre un peu la langue rajpoute, que lui apprenaient son mari et sa belle-sœur. En se penchant vers Maun-Sing, elle murmura :

— Je pars en avant avec Adrâni.

Et, discrètement, elle s'éloigna avec sa suivante, non sans se demander ce que le brahme avait de si important à dire, dès ce soir.

Quand la porte se fut refermée sur elle, le

regard de Maun-Sing, qui l'avait suivie, se reporta sur Dhaula.

— Eh bien ! parle, maintenant.

— Seigneur, Dhava est revenu.

— Bien. Il a les adhésions ?

— Plus nombreuses encore que nous le pensions ! Toute l'Inde musulmane sera avec nous, au jour de la révolte !

Une lueur de satisfaction éclaira les yeux assombris de Maun-Sing.

— Parfait, cela ! D'ailleurs, j'y comptais, au fond. Tout ce peuple est las du joug étranger. Mais il lui fallait un chef, un entraîneur. Sur les pas de mes fidèles fanatisés, l'Inde entière marchera !

Dans ses prunelles redevenues ardentes passait une flamme de triomphe.

Dévotement, Dhaula s'inclina pour baiser la main fine, où le rubis étincelait de mille feux.

— Tu auras tout un monde à tes pieds, maître puissant ! Les plus grands souverains d'Europe compteront avec toi et rechercheront ton alliance. Mais il faut maintenant fixer la date où se révèlera le libérateur annoncé par nous dans le secret, depuis des années.

De nouveau, l'ombre s'étendit sur le regard de Maun-Sing.

Le maharajah dit brièvement :

— J'y songerai... Il n'est pas temps encore.

— Pardonne-moi d'insister, seigneur. Le moment est venu, au contraire. Tout est prêt...

— Ne m'importune pas ! Je suis le maître et je t'avertirai quand il me plaira de donner le signal.

Dhaula se redressa, les yeux brûlants, la voix véhémente.

— Tu es le maître ? Ah ! non, tu ne l'es plus !... Tu ne l'es plus, seigneur ! Une femme occupe ta pensée, possède tout ton cœur, domine ta volonté... hélas ! je m'en doute ! Avant de la connaître, tu ne songeais qu'à ta haute mission de sauveur d'un peuple. Maintenant, ce souci passe au second plan. Elle d'abord, cette enchanteresse !... Près d'elle, tu oublies tout ce qui t'occupait autrefois. Ce qu'elle veut, tu le veux. Son bon plaisir seul compte pour toi...

Maun-Sing l'interrompit avec violence.

— Assez, Dhaula, assez ! Comment oses-tu me parler ainsi ? Un autre que toi saurait déjà ce qu'il en coûte !

Le brahme joignit les mains.

— Seigneur, c'est pour ton bien que je te supplie !... C'est pour te préserver du malheur... Cette femme est puissante sur toi, par sa beauté, son intelligence, ses dons si

44

nombreux, qui en font une créature séductrice entre toutes. Elle appartient à une religion qui étend son prosélytisme à tous les points du globe...

Maun-Sing interrompit sèchement :

— Nous ne parlons jamais de la question religieuse. Quant aux sentiments que m'inspire cette jeune femme, ils ne regardent que moi, et je ne supporterai plus — je t'en avertis — que tu oses m'adresser des reproches à ce sujet.

Les sourcils froncés, le regard dur, Maun-Sing fit un geste qui congédiait le brahme.

Dhaula, courbant la tête, murmura :

— Pardonne-moi, seigneur !... C'est mon zèle pour toi qui m'entraîne...

— Oui, je le sais. Voilà pourquoi j'oublierai ce que tu m'as dit ce soir.

Maun-Sing fit un pas vers la porte... A ce moment, le regard du brahme tomba sur la table de porphyre, où se trouvaient les petites statues de la triade hindoue. Sous la lumière répandue par les lustres de cristal, les émeraudes étincelaient dans le visage impassible de Brahma et de Siva. Mais les orbites de jade apparaissaient sombres et vides.

Dhaula s'exclama d'un ton stupéfait :

— Les yeux de Vichnou ont disparu !

Un très léger sourire d'ironie glissa entre les lèvres de Maun-Sing.

— Ne t'en inquiète pas. C'est moi qui les lui ai enlevés. *Puisqu'il a maintenant des yeux vivants, à quoi serviraient ceux-là ?*

Des prunelles éblouissantes se fixaient sur le brahme.

Dhaula frissonna... Agenouillé, les mains jointes, il enveloppa Maun-Sing d'un regard d'adoration brûlante, en murmurant :

— Tu as raison, seigneur puissant... Tu es le maître...

Le maharajah sortit de la pièce. Dhaula restait seul, avec la panthère qui s'étirait près du divan où étaient tout à l'heure assis Maun-Sing et Manon.

Le brahme se releva lentement.

Il s'approcha de la table, prit entre ses doigts la statue de jade et la considéra pendant un long moment.

Il songeait :

« Quand a-t-il fait cela ?... Tout à l'heure, sans doute ? Car, cet après-midi, les rubis étaient encore là, je les ai vus. Pourquoi l'a-t-il fait ? La Française était-elle présente, quand il les a enlevés ? Est-ce que... ? Non, non, je ne puis croire qu'il aurait osé !... »

Baïla s'approchait de lui, avec une lente ondulation de son corps souple.

Il ne s'écarta pas. C'était lui qui avait appris à Maun-Sing le secret de charmer les

46

bêtes fauves, et, pas plus que son maître, il ne les craignait.

En regardant la panthère, il murmura :

— As-tu vu cela, Baïla ? Ah ! si tu pouvais me dire !... J'ai peur de cette femme, pour lui ! Je sens qu'elle est un obstacle et que, déjà, à cause de cet amour, il n'est plus le même.

Le fauve semblait l'écouter, en fixant sur lui ses yeux énigmatiques.

Dhaula étendit la main pour caresser la tête élégante, en disant tout bas :

— Ah ! Baïla, si tu voulais !... Tes belles griffes en feraient vite un cadavre, de cette Manon trop aimée !... ou, tout au moins, elles la défigureraient si bien qu'il s'en écarterait avec horreur ! Baïla, il faudra que tu me viennes en aide, que tu nous délivres de l'étrangère qui l'enchaîne ! Alors, redevenu libre, il ne songera plus qu'à sa mission, et l'Inde sera délivrée.

IV

Quand Manon avait demandé à son mari : « Combien de temps resterons-nous ici ? », il avait répondu assez évasivement :

— Quatre ou cinq mois, peut-être plus.

Elle ne s'ennuyait pas dans ce palais merveilleux, où elle était tant aimée, où elle se voyait traitée comme la plus adulée des souveraines. Cependant, elle songeait qu'à la longue cette existence un peu trop orientale lui pèserait beaucoup.

Car, enfin, quelque soin que prît Maun-Sing de lui adoucir sa captivité, elle menait ici la vie enclose qui avait été, autrefois, celle des femmes enfermées dans le zénana des maharajahs de Bangore, vaste et superbe bâtiment entouré d'un jardin ombreux, qu'Ahélya lui avait fait visiter un jour.

Comme elles, Manon ne pouvait sortir de la dernière enceinte du palais, à moins de se faire porter en palanquin ou dans une houdah close de rideaux, que suivaient et précédaient des serviteurs.

Elle aurait souhaité connaître le pays environnant, que Maun-Sing lui dépeignait superbe. Avec lui, quelles excursions magnifiques elle avait rêvé de faire !

Mais l'usage s'y opposait... Le maharajah, hors de son palais, ne pouvait se montrer en compagnie d'une femme, fût-elle son épouse, sa mère ou sa sœur.

— C'est la coutume, expliquait-il à Manon, et mon entourage serait très choqué si je passais outre.

La jeune femme ripostait avec une moue légère :

— Je te croyais plus indépendant, Maun ! Cette coutume est ridicule et tu ferais bien de l'abolir.

— Peut-être y arriverai-je en effet quelque jour, mais en procédant peu à peu. Prends patience, chère Manon ! Tu sais que je suis prêt à tout, dès qu'il s'agit de t'être agréable. Mais je te crois trop raisonnable pour ne pas accepter momentanément cet ennui, que je ressens autant que toi, sois-en persuadée.

Manon n'insistait pas. Elle savait que la coutume, en Orient plus qu'ailleurs, est très puissante sur l'esprit des peuples... Cependant, il lui semblait que Maun-Sing, ne régnant pas, vivant une grande partie de son existence hors de son pays, aurait pu s'en affranchir sans trop d'inconvénients. Mais sa nature active manquait d'aliment, dans cette prison dorée. Elle prévoyait que, bientôt, elle étoufferait dans cet horizon restreint, parmi ces palais et ces fleurs.

Enfin, le séjour ici ne durerait pas indéfiniment !... Maun-Sing aurait bientôt la nostalgie de l'Europe, de la France surtout, qu'il aimait tant — il l'avait dit à sa femme. Alors, ils retourneraient là-bas, feraient légaliser leur mariage, au point de vue civil, et s'installeraient dans quelque demeure délicieuse.

Là, Manon s'occuperait de venir en aide aux pauvres, aux malheureux. Elle qui, autrefois, lorsqu'elle était pauvre, frémissait de regret douloureux devant une détresse qu'elle ne pouvait soulager, aurait maintenant le bonheur de le faire, efficacement et discrètement — car elle savait bien que Maun-Sing ne lui refuserait rien.

En attendant de réaliser ces rêves charitables, Manon cherchait à faire du bien autour d'elle, en particulier parmi le personnel nombreux que le maharajah avait mis à son service. Délicatement bonne, elle s'intéressait à ceux qui l'approchaient et, très vite, elle s'était fait aimer de tous.

En particulier, Anang, qu'elle avait sauvé

naguère de la bastonnade, l'idolâtrait, et suivait le moindre de ses pas.

Il était maintenant chargé de veiller à la fermeture de la cage roulante où l'on enfermait Baïla, quand elle n'était pas près de son maître, et de lui faire porter ses repas — sinécure qui convenait fort à sa paresse.

Un jour, comme Manon lui demandait s'il avait longtemps vécu en France pour parler si correctement le français, il répondit :

— Oh ! oui, madame, j'ai passé plusieurs années à Paris !

Mais il s'interrompit tout à coup... Et, jetant des regards d'effroi autour de lui, il balbutia d'un ton suppliant :

— Je vous en prie, madame, ne répétez pas à Sa Hautesse que je vous ai dit cela ! Je serais puni, terriblement puni !...

— Pourquoi donc... Je ne comprends pas...

— Sa Hautesse ne veut pas que je parle de mon séjour là-bas, de ce que j'y faisais...

— Ah !... Eh bien ! sois sans crainte, Anang, le maharajah ne saura rien de l'indiscrétion qui t'a échappé.

Cette preuve nouvelle d'un secret que lui cachait Maun-Sing venait renforcer, chez la jeune femme, la sensation bizarre qu'elle éprouvait depuis quelque temps, dès que la nuit venait. Il lui semblait que des ombres

52

glissaient autour d'elle, de plus en plus nombreuses, et qu'elles s'en allaient, comme une procession de lents fantômes, le long des allées, sous les arbres voilés de ténèbres. Elle avait l'impression d'une foule silencieuse et avide, qui grouillait là, dans la nuit... elle ne savait où.

De ces imaginations, qu'elle s'efforçait d'ailleurs d'éloigner, Manon ne disait mot à son mari.

Maun-Sing paraissait un peu préoccupé, depuis quelques jours... La jeune femme lui avait demandé :

— As-tu quelque ennui ?

Il avait répondu :

— Mais non, pas du tout. Que t'imagines-tu là, ma chère aimée ? En aurais-je, d'ailleurs, que près de toi je les oublierais tous.

Il se montrait de plus en plus épris. Cependant, Manon sentait toujours entre eux ce mystère, qui l'alarmait et l'irritait à la fois.

Mais sa fierté lui interdisait d'user de son influence pour lui en arracher le secret. Il fallait qu'il le révélât de lui-même — et rien ne faisait prévoir qu'il y fût disposé.

L'hypothèse d'un complot, d'un projet de soulèvement contre la domination anglaise était celle qui hantait presque exclusivement la pensée de Manon. Mais, en ce cas, pourquoi Maun-Sing ne lui en faisait-il pas la confidence?... Il devait la connaître assez, maintenant, pour savoir qu'elle approuverait tout ce qu'il ferait dans une intention noble, avec des moyens honnêtes, et qu'il pouvait avoir la plus entière confiance en sa discrétion.

Craignait-il qu'elle ne manquât de courage, qu'elle ne cherchât à le détourner de cette idée? Elle n'avait cependant jamais rien fait ni dit — bien au contraire — qui pût lui donner à croire qu'elle serait dépourvue d'énergie et de résignation, à l'heure du sacrifice et du danger.

Mais il la chérissait tant qu'il aimait mieux, sans doute, retarder le moment de lui apprendre en quelle aventure périlleuse il s'engageait.

« Oui, bien périlleuse et bien aléatoire! pensait la jeune femme. l'Angleterre est si puissante!... et l'Inde si divisée! »

A la fin de l'après-midi, quand la chaleur du jour s'atténuait un peu, Manon aimait aller s'asseoir sous une colonnade de marbre rose, au bord d'un petit canal vers lequel se penchaient les branches des orangers et des grenadiers.

Maun-Sing venait l'y retrouver plus tard,

et ils prenaient le thé en causant, ou en écoutant les sons doux et expressifs que Jeimal, dans un bosquet voisin, tirait de son violon.

Un après-midi, tandis qu'assise sur le divan aux coussins brochés d'or, Manon dessinait un modèle de broderie en s'inspirant d'admirables lotus roses que lui avaient offerts Maun-Sing, ce matin, elle vit, en relevant la tête, Baïla qui s'avançait à pas lents, onduleux.

Elle n'en ressentit d'abord aucune frayeur, car elle était accoutumée à la présence du fauve, et, surtout, elle pensait que Baïla précédait de très peu son maître, comme elle en avait parfois coutume.

Mais la panthère semblait bien seule, aujourd'hui... Et Manon se souvint tout à coup que Maun-Sing lui avait dit :

— J'ai beaucoup de correspondance à faire, aujourd'hui ; aussi ne me verras-tu pas, très probablement, avant l'heure du dîner.

Alors, elle frissonna, à l'idée qu'elle allait se trouver en tête à tête avec l'inquiétante Baïla.

La panthère s'était arrêtée, les yeux fixés sur la jeune femme... Puis elle reprit sa marche lente et s'arrêta de nouveau.

Elle était maintenant à quelques pas de Manon.

Toutes deux se regardaient... Manon, raidie, concentrait son énergie, pour imposer au fauve.

Elle pensait :

« Il est très probable qu'elle ne m'attaquera pas. Elle me connaît, elle me voit chaque jour près de son maître. »

Mais elle tremblait et le sang se retirait de ses joues.

Car elle voyait la bête se ramasser lentement sur elle-même, s'apprêter à bondir...

Un appel, jeté par une voix impérative, traversa le silence :

— Baïla !

C'était Maun-Sing. Il venait d'embrasser la scène terrible, en un coup d'œil, et accourait, sautant par-dessus tous les obstacles, pour bondir jusqu'à la colonnade.

Baïla s'était reculée... Rampante et soumise, elle se couchait sur le sol, tandis que Maun-Sing s'élançait vers sa femme.

— Manon !... Ma pauvre Manon chérie !

Blême et frissonnante, elle défaillit un moment entre ses bras. Mais, très vite, ses paupières se soulevèrent et elle dit, répondant au regard de folle angoisse qui rencontrait le sien :

— Ce n'est rien, Maun !... Ce n'est rien ! Mais, heureusement, tu es arrivé !... Heureusement !

— Oui, quelle inspiration j'ai eue de

laisser mes secrétaires se débrouiller parmi ma correspondance inachevée, pour venir près de toi ! Mais comment cette bête s'est-elle échappée ? J'avais donné l'ordre de l'enfermer. Qui donc a osé ?...

Manon murmura :

— Voici Anang.

L'Hindou accourait, le visage convulsé par l'angoisse... A la vue du maharajah, il s'arrêta et tomba la face contre terre, tremblant de tous ses membres.

Maun-Sing dit d'un ton où grondait une effrayante irritation :

— Tu fais bien d'avoir peur, car le châtiment ne te manquera pas ! Comment Baïla s'est-elle échappée ?

Anang bégaya, en claquant des dents :

— Je l'ignore, seigneur... Je... J'avais bien fermé... Je peux en faire le serment à Ta Hautesse sur tout ce que j'ai de plus sacré !

Maun-Sing eut un méprisant mouvement d'épaules.

— Alors, elle est passée entre les barreaux ? Mais je ne discute pas des mensonges. Ta négligence a failli être cause d'une effroyable chose. Elle recevra la punition qu'elle mérite... Va-t'en !

Anang fit un mouvement pour obéir. Il était livide et ses yeux hagards exprimaient la terreur.

Manon dit tout bas :

— Oh! que lui feras-tu, Maun?... Quelle punition?...

— Il sera mis à mort ce soir.

— A mort! Oh! non, non!... Tu n'y penses pas! Pour une négligence!

— Si, je pense que, par la faute de ce misérable, il s'en est fallu de si peu que ma bien-aimée Manon...

Il l'enveloppait de ses bras, baisait les paupières tremblantes. Elle le sentit frissonner d'effroi rétrospectif, d'ardente tendresse, et comprit mieux que jamais, à cet instant, combien elle lui était profondément chère.

Mais le malheureux qui était là, à peine coupable, il fallait qu'elle le sauvât de la peine terrible que lui infligeait la colère d'un maître impitoyable.

— Maun, je t'en prie, accorde-moi sa grâce!

— Ce serait une insigne faiblesse. Ne t'oppose pas à ma justice, Manon.

— En ce cas-là, ce ne serait pas de la justice, mais de la cruauté!

— Nous n'entendons pas ces mots-là de la même manière.

— Eh bien! entends-les aujourd'hui comme moi! Pardonne, mon cher Maun, car, vois-tu, si tu faisais mourir ce malheureux, un tel souvenir me hanterait... et puis, j'aurais un peu peur de toi.

Il enveloppa d'un regard d'amoureuse indulgence le beau visage suppliant.

— Allons, il faut céder, une fois de plus ! Fais de cet homme ce que tu voudras. Sa vie t'appartient.

L'Hindou s'éloignait déjà, à reculons, en chancelant comme un homme ivre.

Manon dit d'une voix joyeuse :

— Anang, écoute !... Sa Hautesse te fait grâce, sur ma demande.

Anang s'immobilisa, ses yeux dilatés par la stupéfaction fixés sur la jeune femme.

Elle répéta :

— Sa Hautesse te fait grâce.

Alors, l'Hindou se laissa glisser à genoux et, les mains tendues vers Manon, il dit d'une voix que l'émotion étouffait :

— Soyez bénie, reine de bonté !... Anang est maintenant votre esclave... Et toi, seigneur puissant, tu feras la joie du plus humble de tes serviteurs en prenant pour ton service cette vie que tu lui laisses.

Il s'éloigna et les deux époux se retrouvèrent seuls, avec Baïla qui fermait à demi ses paupières, en s'étirant sur le sol de marbre.

Maun-Sing dit, en désignant la panthère :

— Désormais, elle sera enfermée avec les autres et je ne la ferai plus mettre en liberté. Ainsi, tu n'auras aucune crainte à avoir.

Elle ne protesta pas. La seule vue du fauve faisait courir des frissons dans tout son corps.

Maun-Sing, s'en apercevant, quitta la colonnade avec la jeune femme, pour regagner le palais... Derrière eux, à distance respectueuse — car elle avait conscience d'être en complète disgrâce — marchait Baïla.

Deux hommes, derrière les treillis de marbre d'une fenêtre, les regardaient venir. L'un était Dhaula. L'autre, plus petit, âgé, très brun de visage, avait des yeux d'illuminé. Dhaula dit sourdement :

— La voilà ! Baïla n'a pas réussi. Regarde, Dhava !... Regarde avec quelle sollicitude il la soutient ! Nous n'avons obtenu que de la lui rendre plus chère encore.

Dhava, sans mot dire, regardait avec attention la jeune femme, qui passait en ce moment sous les fenêtres, appuyée au bras du maharajah.

Il dit tout bas :

— Vois... ces épingles qui retiennent son voile... elles sont ornées de rubis merveilleux... de deux rubis semblables à ceux...

Avec une curiosité avide, Dhaula attacha

son regard sur la coiffure de la jeune femme.

Un rayon de soleil couchant enveloppait la blancheur des voiles et faisait étinceler les gemmes superbes qui avaient attiré l'attention de Dhava.

Dhaula dit d'une voix sourde, qui tremblait de colère :

— Ce sont eux !... Les yeux de Vichnou ! Il les lui a donnés ! Tu vois, Dhava, si mes craintes se réalisent ! Devant un caprice de cette Française maudite, rien ne compte plus pour lui !

Les lèvres de Dhava se soulevèrent en un rictus mauvais, tandis que le brahme murmurait :

— Il faudra bien que nous trouvions le moyen de le délivrer de cette entrave !

V

Un peu fatiguée par cette alerte, Manon, le lendemain, ne sortit pas de sa demeure et resta étendue, occupée à une broderie, dans le salon aux murs de marbre blanc et de lapis-lazuli, que traversait un canal où courait une eau vive, grâce à laquelle l'atmosphère se maintenait toujours fraîche.

Maun-Sing venait de la quitter pour aller à ses occupations, et elle attendait Ahélya qui allait venir travailler près d'elle.

Adrâni se présenta et l'informa qu'Anang demandait à lui parler.

La jeune femme répondit :

— Fais-le entrer.

L'Hindou vint s'incliner devant elle et la salua en élevant ses mains au-dessus de sa tête.

Manon s'informa avec bienveillance :

— Que veux-tu, Anang ?

— Vous remercier encore, madame... et

vous apprendre une découverte que j'ai faite.

— Une découverte ?

— Oui, madame. Hier, j'ai cherché qui avait pu ouvrir la cage de Baïla... car j'étais sûr, absolument sûr de l'avoir fermée comme de coutume. Personne, parmi les autres serviteurs, n'avait rien vu, rien entendu. Mais j'ai fini par découvrir des traces de pas, aux alentours du canal près duquel se trouvait la cage. Et ces pas... ce sont ceux de Dhaula.

Manon tressaillit.

— Dhaula ?... Tu dis Dhaula ?

— Oui, madame. Oh ! j'en suis sûr ! Je me suis glissé chez lui, j'ai pris une de ses chaussures et je suis revenu vérifier. Il était temps, car, ce matin, les traces étaient effacées. D'ailleurs, lui seul pouvait le faire, lui ou Dhava, qui ont le même pouvoir sur les bêtes fauves.

Manon dit en essayant de raffermir sa voix :

— Tu dois te tromper, Anang... Le brahme n'avait aucune raison pour donner la liberté à Baïla.

Anang hocha la tête.

— Il en a probablement que nous ne connaissons pas. Un jour que vous sortiez du pavillon de Sa Hautesse, madame, j'ai surpris un regard qu'il dirigeait vers vous... un regard de fureur et de menace...

Manon, toute frémissante, murmura :

— Non, non, je ne puis croire !... Tu dois te tromper, Anang !

De nouveau, l'Hindou secoua la tête.

— Non, madame, j'ai bien vu. Et j'ai voulu vous prévenir, pour que vous vous teniez en défiance contre lui.

— Je te remercie...

— Je n'ai droit à aucun remerciement de la part de celle qui m'a sauvé, hier. Ma vie lui appartient... et je continuerai de surveiller Dhaula, pour qu'il ne puisse vous nuire, madame.

Il s'inclina et sortit.

Seule maintenant, Manon se laissa retomber sur les coussins. Elle avait déjà eu, plus d'une fois, l'intuition de l'animosité du brahme à son égard. Jamais il ne lui avait adressé la parole, quand il la rencontrait dans les jardins, ou chez le maharajah. Mais un regard sombre et défiant s'était posé sur elle, au passage, et elle avait frissonné un peu. Cependant, fallait-il croire aux soupçons d'Anang ? Fallait-il penser que Dhaula avait ouvert à la panthère dans un dessein criminel ?

L'arrivée d'Ahélya interrompit les réflexions inquiètes de Manon. Pour distraire sa belle-sœur, un peu languissante, —

car le climat de l'Inde ne lui convenait pas, — la jeune femme s'efforça de secouer sa préoccupation et de causer avec un apparent entrain... Mais celui-ci ne put tromper Maun-Sing, quand, un peu plus tard, il vint prendre le thé avec sa femme et sa sœur.

— Qu'as-tu, Manon ? demanda-t-il une fois qu'Ahélya se fut éloignée.

— Moi ?... Rien du tout, mon ami !

A son égard surtout, elle tenait à garder secret ce que lui avait appris Anang.

Dhaula avait élevé le jeune maharajah, il était son conseiller, son confident. Manon ne pouvait l'accuser qu'en apportant à son mari des preuves formelles, non des soupçons.

Maun-Sing insista :

— Tu as quelque chose ! Je le vois dans tes yeux !

— Tu te fais des idées, Maun ! Ou plutôt, j'ai simplement que je me trouve encore sous l'empire de cette émotion d'hier. Il me faut quelques jours pour oublier.

Elle pensait ainsi lui avoir donné le change... mais, plusieurs fois, elle surprit son regard fixé sur elle avec une expression attentive et inquiète.

A cette même heure, Sâti errait dans les jardins, comme une âme en peine. Et c'était bien en effet une âme dévorée de jalousie, de désirs de vengeance, d'envie haineuse, qu'elle promenait ainsi dans cet enclos enchanté.

La seule vue de Manon envenimait jusqu'au supplice la plaie secrète de son cœur. Ces sentiments violents, qui la rongeaient moralement, avaient leur répercussion sur sa santé. Elle maigrissait, son visage s'altérait, et un cerne noirâtre venait souligner la sombre tristesse de ses yeux.

Manon, toujours bonne, lui en avait fait la remarque hier. Et Sâti avait répondu :

— Je ne me sens pas très bien, en effet.

Mais elle pensait en même temps :

« Ah ! si je te tenais entre mes mains, pantelante de souffrance, comme aussitôt je revivrais ! »

Elle allait ainsi, lentement, insensible à la beauté de cette fin d'après-midi, quand elle vit venir à elle son oncle.

Le brahme, tout en avançant, attachait sur elle des yeux scrutateurs. Quand la jeune fille fut près de lui, elle le salua respectueusement. Il posa la main sur son épaule, en plongeant ses yeux dans les prunelles sombres.

— Qu'as-tu depuis quelque temps, Sâti ? On dirait qu'un souci, une souffrance te mine.

Un peu de rougeur monta au teint mat de la jeune Hindoue. Mais elle ne chercha pas à nier, car la perspicacité de son oncle lui était connue.

— Oui, je souffre, tu l'as bien deviné, seigneur.

— Pourquoi ?

Elle baissa un peu les yeux, en murmurant :

— Ne l'as-tu pas compris, toi qui sais tant de choses ?

Une lueur de satisfaction passa dans le regard du brahme.

— Tu es jalouse de cette Française, dont Maun-Sing est fou ?

Les paupières de Sâti se soulevèrent, laissant voir les yeux brillants de haine.

— Oui... Et je voudrais... je voudrais...

Il dit tout bas :

— Tu voudrais te venger ?

Elle inclina affirmativement la tête.

Comme Sâti attachait sur lui un regard d'interrogation stupéfaite, il ajouta :

— Cette femme est néfaste à Maun-Sing ; il faut qu'elle disparaisse. Va, Sâti. Bientôt, nous reparlerons de cela.

Il s'éloigna et gagna le pavillon qu'il occupait avec un autre brahme, Dhava, comme lui confident du maharajah.

Dhava, dans une des salles, se promenait de long en large d'un air préoccupé.

Il s'arrêta à l'entrée de Dhaula. Celui-ci vint à lui, et dit sans préambule :

— Sâti fera ce que nous voudrons. Comme je le pensais, elle est passionnément éprise de Sa Hautesse, et jalouse, jusqu'à la fureur, de la Française.

— Très bien. Elle acceptera d'agir, en ce cas.

— Avec joie, certainement... Et comme elle est habile, elle prendra toutes les précautions pour n'être pas soupçonnée. Cette fois, il faut que nous réussissions ! Il est temps, car Sa Hautesse ne paraît pas encore disposée à fixer la date de la grande réunion décisive. Une fois délivré par nos soins de cette femme qui l'enchaîne, il ne pensera plus qu'à sa mission.

— Oui, elle doit disparaître de sa vie... As-tu su qu'elle avait obtenu la grâce d'Anang ?

— Je l'ai su... Il n'a plus d'autre volonté que celle de cette étrangère. Si nous la laissions faire, elle lui enlèverait l'audace, l'inflexibilité que j'ai développées chez lui, au cours de son éducation. Ah ! il n'a pas hésité, jadis, à prononcer la sentence de mort contre l'homme qui détenait la statue de Vichnou, dix fois sainte, enlevée au temple vénéré de Houlia par des mains sacrilèges ! A cette époque, il était brûlant de zèle, ardemment convaincu. Depuis quelques années, je devine un changement chez lui. Il veut toujours le salut de l'Inde, il est prêt à tout pour cela. Mais j'ai l'intuition qu'il ne croit plus... Comprends-tu, Dhava, *il ne croit plus être celui qui revient !*

Une lueur passa dans les yeux exaltés de Dhava.

— Nous le lui ferons croire de nouveau ! Quand il verra les foules prosternées devant lui, quand toute l'adoration d'un peuple montera vers lui, il ne doutera plus, sois-en sûr ! Mais il faut que cette femme disparaisse, le plus tôt possible.

La révélation d'Anang avait fait sur l'esprit de Manon une vive impression.

Bien qu'elle s'efforçât de traiter d'imaginations folles les soupçons de l'Hindou, la jeune femme ne pouvait éloigner cette idée que le brahme le détestait, qu'elle avait en lui un ennemi implacable.

L'impossibilité où elle se trouvait de confier cette inquiétude à son mari augmentait encore son malaise.

Puis, en ce palais plus féerique encore que ceux de ses rêves d'autrefois, elle avait l'impression de se trouver dans une atmosphère mystérieuse, où tout était hostile à elle, l'étrangère.

Ici avaient vécu les ancêtres de Maun-Sing, les despotes fastueux et cruels. Quels drames avaient vus ces murs de marbre, ces arbres plusieurs fois séculaires, ces rocs sauvages surplombant la forteresse ? Il semblait à Manon que des secrets terribles s'enfermaient dans ces jardins délicieux, comme dans les cavernes taillées en plein rocher, comme dans l'ombre parfumée des bosquets.

Dhaula, Dhava, ce brahme aux yeux de fanatique, rencontré par elle un jour, lui inspiraient un secret effroi. Sâti avait des regards étranges, lourds de sentiments inquiétants. Et il n'était pas jusqu'à Maun-Sing lui-même qui parfois ne contribuât à cette impression d'angoisse. Elle sentait qu'une partie de son âme, de sa pensée lui échappait. Il restait l'étranger, l'Oriental, l'énigme.

Maintenant, elle se prenait à désirer ardemment de quitter ces lieux enchantés, pour retourner vers la France, la douce et chère France où il lui semblait que toutes ses inquiétudes s'évanouiraient.

Un après-midi, elle y fit une allusion discrète, tandis qu'elle causait avec son mari, tous deux assis sous la véranda du palais d'Ahélya, en attendant qu'on servît le thé.

Son attention aguisée remarqua aussitôt un tressaillement sur le visage de Maun-Sing, une ombre sur ses yeux.

Il dit avec un sourire qu'elle jugea forcé :

— En as-tu donc déjà assez de Mada-poura, Manon ? Tu paraissais pourtant l'ad-mirer si fort !

— Je l'admire toujours, mais... l'air de France me manque un peu.

— Eh bien ! nous verrons... plus tard. En ce moment, je ne puis pas. J'ai quelques affaires à régler ici...

Il détournait légèrement son regard, comme s'il craignait que sa femme pût y lire.

Elle riposta, en affectant un peu d'ironie :

— Voilà des affaires vraiment bien insupportables ! Et je me demande ce qu'el-les peuvent être, pour t'enchaîner ainsi ?

L'apparition de Sâti dispensa Maun-Sing d'une réponse probablement embarras-sante, à en juger par sa physionomie. La jeune Hindoue, après un humble salut au maharajah, se mit en devoir de préparer le thé. Elle était très pâle, aujourd'hui, avec des yeux creusés comme après une pénible insomnie... Et peut-être avait-elle la fièvre, car les délicates porcelaines s'entrecho-quaient entre ses doigts.

Sur un plateau, elle disposa la boisson glacée que prenait généralement le maraja-jah, une tasse de thé pour Manon, et

72

d'exquises pâtisseries, œuvres des cuisiniers de Sa Hautesse.

Maun-Sing restait silencieux, le regard fixé distraitement sur les jolis doigts fins de sa femme, qui tiraient agilement l'aiguille.

Sâti s'approcha, le plateau en main, et le présenta au maharajah.

— Non, je prendrai du thé, aujourd'hui.

Manon dit, en s'interrompant de travailler :

— Prends celui-ci, en ce cas. Je n'en veux pas, car je dors mal, depuis quelques jours.

— Soit. Mais que désires-tu à la place ?

Tout en parlant, Maun-Sing étendait la main vers la tasse destinée à Manon.

Mais Sâti, qui se tenait agenouillée, se redressa brusquement, les yeux dilatés, avec une exclamation rauque :

— Non... pas toi !

Verre de fin cristal, porcelaine transparente, cuillers d'or admirablement ciselées, tombaient pêle-mêle sur le sol de marbre. Et avant que Maun-Sing eût pu faire un mouvement, Sâti s'enfuyait, disparaissait derrière les bosquets.

Le maharajah, Manon et Ahélya se levèrent simultanément.

D'abord, la même pensée leur vint, que Manon exprima tout haut :

— Elle est devenue subitement folle !

Puis, presque aussitôt, Maun-Sing en eut une autre...

S'élançant hors de la véranda, il appela des serviteurs et leur donna l'ordre de courir à la recherche de Sâti pour la lui amener.

Il revint ensuite vers sa femme et sa sœur, fort émues de l'incident.

En le regardant, Manon vit qu'il était très pâle, avec des yeux pleins d'angoisse et de colère.

Elle demanda d'une voix tremblante :

— Maun... elle est folle, n'est-ce pas ?

Il s'écria :

— Je voudrais qu'elle le fût ! Mais ce que je crois...

Il s'interrompit, en jetant un coup d'œil sur les débris de la tasse, sur le thé qui coulait le long du dallage de marbre.

Et Manon comprit, tout à coup...

Avec une exclamation d'horreur, elle s'élança vers son mari.

— Tu ne veux pas dire ?... Tu ne penses pas... que... qu'elle voulait... ?

Il l'entoura de ses bras, en l'attirant contre lui, en baisant le visage frémissant.

— Cette femme était jalouse de toi, Manon... Mais ne crains rien, je la mettrai hors d'état de te nuire jamais !

Un cri d'effroi s'échappa des lèvres

74

d'Ahélya. A son tour, la jeune princesse venait de comprendre...

— Oh ! serait-ce possible ? Elle aurait... voulu... empoisonner...

Les jambes fléchissantes, le visage blêmi, elle faisait quelques pas vers son frère, en le regardant avec des yeux dilatés par la terreur.

Se dégageant des bras de Maun-Sing. Manon vint à elle et lui prit les mains.

— Calmez-vous, ma petite Ahélya. Vous le voyez, cette malheureuse créature a échoué dans son criminel dessein.

Ahélya balbutia :

— Oui... Mais... c'est terrible !

Elle chancela et s'affaissa, évanouie, dans les bras de son frère qui se précipitait pour la soutenir. Tandis que Manon s'occupait d'elle, Maun-Sing quitta le palais de sa sœur et se dirigea vers celui qu'il occupait. Comme il y atteignait, il vit venir Dhaula, très calme en apparence.

D'une voix que la colère rendait frémissante, le maharajah s'écria :

— J'imagine que tu ignores encore ce que vient de faire ta misérable nièce ?

Le brahme balbutia :

— Sâti ?

— Oui, Sâti ! Jalouse de la femme que j'aime, elle vient d'essayer de l'empoisonner !

Dhaula eut un haut-le-corps et son visage devint presque livide.

— De l'empoisonner ? Elle a essayé... et... il n'y a pas de malheur à déplorer ?

— Par le plus incroyable des hasards ! En voyant que j'allais boire le thé destiné à Manon, elle a eu un cri... et elle s'est enfuie. En ce moment, on est à sa recherche... Et ce soir, elle sera morte.

Le brahme n'eut pas un geste de protestation.

La tête courbée, les lèvres blêmies, il murmura :

— Ta justice est souveraine, Seigneur ! Puisque Sâti est coupable, qu'elle soit frappée !

Puis, comme Maun-Sing allait continuer sa route, il l'arrêta par ces mots :

— Permets-moi, maître puissant, de m'informer si décidément, mardi soir, tu veux...

Le maharajah l'interrompit avec impatience :

— J'ai autre chose à faire en ce moment ! Nous verrons demain.

Dhaula se recula et s'éloigna à pas lents. Mais dès que, en se détournant, il eut constaté que Maun-Sing avait disparu, il pressa le pas et gagna le pavillon qu'il occupait avec Dhava.

Dix minutes plus tard, l'autre brahme

apparaissait. Dhaula vint à lui, les yeux pleins de colère.

— Eh bien ! manqué ?

Dhava dit farouchement :

— Oui. On ne pouvait prévoir Tout était si bien combiné, cependant !... Le poison aurait fait lentement son œuvre, toute la soirée... et cette nuit, l'étrangère maudite serait morte d'un brusque arrêt du cœur. Personne n'aurait été inquiété. Ce poison ne laisse pas de traces... Tandis que maintenant...

Dhaula dit d'une voix rauque :

— Maintenant, Maun-Sing a compris que Sâti voulait empoisonner cette femme. Et comme je lui ai laissé voir mon peu de sympathie pour elle, la crainte qu'elle m'inspirait pour lui, qui sait même s'il n'en viendra pas à me soupçonner... d'avoir incité... aidé ?

Dhava demanda :

— Tu l'as vu ?

— Oui, à l'instant. Il est irrité au dernier point et m'a déclaré que Sâti mourrait ce soir.

Dhava eut une sorte de sourire.

— Elle est en sûreté. Ceux que Sa Hautesse a envoyés à sa poursuite ne la trouveront pas. A la nuit, je la ferai sortir de sa cachette et je la conduirai au temple souterrain. Là, mêlée aux prêtresses de Kâli, elle échappera, sous ses voiles, aux regards de Maun-Sing.

— Oui, que jamais elle ne tombe entre ses mains ! Car devant la mort, sous l'empire de la souffrance, elle pourrait... parler... faire connaître les instigateurs de l'acte accompli par elle aujourd'hui... révéler le nom de celui qui l'a soustraite aujourd'hui à la justice de Sa Hautesse...

Dhava dit froidement :

— Si cela arrivait, je m'arrangerais pour qu'elle ne parle pas.

Pendant quelques secondes, les deux hommes restèrent silencieux, se considérant avec des yeux pleins de pensées farouches.

Puis Dhaula dit amèrement :

— Tout à l'heure encore, il n'a pas voulu m'écouter quand j'essayais d'obtenir de lui un acquiescement formel pour mardi. Seules, la pensée du danger que venait de courir la Française, et sa colère entre Sâti, l'occupaient, lui paraissaient devoir primer toutes choses... et sa glorieuse mission elle-même !... Ah ! il faut pourtant que nous en ayons raison, de cette étrangère maudite ! Quelle puissance surnaturelle la protège donc pour qu'elle échappe ainsi à tous nos pièges ?

Dhava hocha la tête en murmurant :

— Patience ! L'occasion viendra... et nous ne la laisserons pas fuir !

Dans la nuit, une forme claire glissait à travers les jardins silencieux.

La femme — car c'était une femme enveloppée de ses voiles blancs — s'arrêta à peu de distance du palais de la princesse Ahélya et entra dans un bosquet.

Un homme l'attendait. Il dit tout bas, avec impatience :

— J'ai cru que tu ne viendrais pas !

— Il m'a fallu prendre des précautions inusitées... car je dois fuir à la fois la justice du maharajah et le sort auquel veulent me réduire Dhaula et Dhava.

— Que signifie, Sâti ?

La jeune fille dit d'une voix rauque :

— Dhaula m'a fait verser hier le poison dans le thé de la Française. Mais c'est Maun-Sing qui se disposait à le boire. Alors... je l'ai prévenu... et je me suis enfuie...

Juggut saisit le poignet de sa sœur, en grondant sourdement :

— Ah ! stupide ! stupide !...

Sâti se redressa, les yeux brillants :

— Moi, le faire mourir ? Ah ! j'aurais plutôt accepté qu'il me tuât à petit feu !

Juggut ricana :

— Heureusement, cette belle passion ne va pas jusqu'à t'empêcher de trahir !

— Oui, parce que je veux me venger, malgré tout, de ses dédains ! Mais je ne veux pas qu'il meure !

Le jeune homme ricana de nouveau :

— Voilà bien des idées de femme ! Enfin, laissons cela. Mais comment as-tu pu échapper ?

— Dhava guettait, en cas d'insuccès. Aussitôt, il me fit entrer dans une cachette où il devait venir me chercher la nuit pour me conduire parmi les prêtresses de Kâli. Mais ce sort m'effrayait. Vouées à la déesse, ces femmes ne sortent pas du temple souterrain, où leur vie s'écoule, longue, longue... Ah ! vois-tu, je crois que j'aimerais mieux la mort ! Aussi ai-je cherché à m'échapper... et y ai-je réussi avant l'apparition de Dhava. Je suis venue tout droit ici, d'abord parce que j'avais une information importante à te donner... ensuite pour que tu m'emmènes avec toi, que tu me sauves de cette alternative : ou la mort, ou l'ensevelissement dans le temple de Kâli.

Juggut demanda brièvement :

— Qu'as-tu à m'apprendre ?

— Il y a un projet de réunion pour mardi, quelque chose de très important, car Dhaula et Dhava n'en parlent qu'à demi-mot.

— Où ?

— Ils disent : « Le temple du mystère ».

Juggut fronça les sourcils.

— Cela ne m'avance guère !

— Je n'en sais pas davantage.

— Enfin, Sangram connaîtra peut-être cela, lui !

— Qui est Sangram ?

— Celui qui doit faire échouer les projets de Maun-Sing et de ses deux séides. D'ailleurs, tu vas le voir, car c'est vers lui que je t'emmène. Et cette femme que tu hais, lui aussi veut sa mort, Sâti.

Elle eut une rauque exclamation de joie.

— Ah ! nous nous entendrons, alors !

Et dans la nuit tiède, parfumée, le frère et la sœur s'éloignèrent, portant en leur cœur de sinistres desseins.

XV

Tout le personnel, depuis cinq jours, s'occupait activement à rechercher Sâti. Il semblait impossible qu'elle eût pu fuir hors de l'enceinte du palais. Un seul passage existait, gardé par des serviteurs incorruptibles.. Il en était bien un autre, mais connu des seuls initiés, et si abrupt, si dangereux, tellement coupé d'embûches, qu'une femme seule n'aurait pu vraisemblablement en sortir. Néanmoins, le maharajah fit faire des recherches aux alentours et visiter les maisons de la ville.

On fouilla comme les autres celle d'Adoula, le pieux pèlerin à barbe blanche, qui avait élu domicile dans les restes d'un palais, sur le bord du lac, avec Ursi, son disciple. Mais là, pas plus qu'ailleurs, on ne trouva Sâti.

Maun-Sing se montrait fort irrité de cet insuccès. Irrité et soucieux, car cette disparition avait un caractère de mystère qui lui inspirait quelques soupçons à l'égard de Dhaula.

Il savait que le brahme se défiait de Manon, de l'influence qu'elle exerçait sur lui... Et, tout en reconnaissant le dévouement fanatique dont cet homme lui avait plus d'une fois donné des preuves, il n'ignorait pas que ce même fanatisme lui faisait considérer le crime, froidement perpétré, comme l'accomplissement d'un devoir, en certaines circonstances.

Cependant, Maun-Sing essayait vainement de surprendre la pensée de son confident. Dhaula s'informait du résultat des recherches, et témoignait sa désapprobation de l'acte de Sâti, mais en ajoutant toujours dédaigneusement, par manière d'excuse : « Une femme jalouse est capable de tout. » En dehors de là, Maun-Sing se heurtait à l'impassibilité de cette âme fermée, comme à un mur de roc.

Manon se trouvait fort occupée près de sa belle-sœur. Celle-ci avait ressenti une violente émotion de cette tentative criminelle. Depuis lors, elle était malade et ne quittait plus son lit. Manon, aidée par ses suivantes, la soignait avec dévouement, tout en s'efforçant d'insuffler un peu d'énergie en cette nature faible, annihilée dès l'enfance sous la puissante volonté de Maun-Sing.

— On m'a toujours appris à trembler

devant lui et à le considérer comme infiniment supérieur à tout ce qui existe, dit un jour la jeune fille à Manon, qui s'étonnait de la voir si humblement déférente à l'égard de son frère.

Manon convient :

— Supérieur, il l'est en beaucoup de points... Mais c'est presque un culte idolâtre que vous lui témoignez, Ahélya. Et, cependant, il n'est qu'un homme.

Dans les yeux bruns, elle revit cette expression exaltée qui l'avait déjà frappée plus d'une fois.

— Il n'est qu'un homme ?... Oh ! non, non... Il est plus que cela ! Il...

Ahélya parlait à mi-voix, d'un ton d'ardente protestation. Mais elle s'interrompit tout à coup, tandis qu'un peu de rougeur montait à son visage émacié.

Avec embarras, elle murmura :

— J'ai tant d'admiration pour lui ! Vous devez le comprendre, Manon ?

— Certainement. Mais cette admiration, chez moi, ne va pas jusqu'à l'idolâtrie, jusqu'à la soumission passive. Voilà ce que je vous reproche, chère petite Ahélya.

La jeune princesse dit tout bas, avec une expression de mystère et comme en se parlant à elle-même :

— Vous me comprendrez peut-être un jour.

Maun-Sing venait voir sa sœur chaque jour. Il demeurait près d'elle quelques minutes, s'informait de sa santé, caressait les cheveux noirs ou la joue pâlie. Puis il s'éloignait, croyant sans doute avoir accompli tout son devoir à l'égard de cette enfant dont il était le seul parent. Evidemment, il avait de l'affection pour elle, mais ce sentiment n'était dans sa vie qu'un accessoire, subordonné à bien d'autres préoccupations.

Il témoignait à sa femme encore plus d'amour, depuis l'incident du poison, attribué par elle comme par lui à la jalousie exacerbée de Sâti. Mais Manon le sentait nerveux et comme obsédé par des soucis qu'il cherchait à lui dissimuler. Craignait-il que Sâti renouvelât sa tentative ? Ou bien le moment était-il venu de mettre à exécution quelque plan audaciaux ?

La jeune femme, elle aussi, avait en ce moment les nerfs fortement tendus. Après la panthère, le poison... Elle ne pouvait s'empêcher d'établir un rapport entre les deux faits. Et le féerique palais de Madapoura lui apparaissait plus que jamais enveloppé d'une menaçante énigme, qu'elle avait hâte de fuir.

Ce désir de quitter l'Inde, elle l'exprima de nouveau à Maun-Sing, un après-midi, le mardi qui suivit la disparition de Sâti. Ils se promenaient lentement dans une allée d'orangers... Maun-Sing tenait à la main une cigarette qu'il oubliait de fumer. Une préoccupation tenace, une sorte d'angoisse obscurcissaient l'ardent éclat de ses yeux.

Aux paroles de la jeune femme, il tressaillit et dit d'une voix légèrement troublée :

— Vraiment, Manon, tu voudrais ? Tu y tiens tant que cela ?

— Oh ! oui... Ici, figure-toi, je me sens inquiète, mal à l'aise... Il me semble que d'invisibles dangers me menacent... surtout depuis cette tentative de la malheureuse Sâti.

Il s'efforça de sourire, en se penchant pour baiser le front de sa femme.

— Ne te fais pas de ces idées, Manon bien-aimée ! Sâti a fui très loin, certainement, et tu n'as plus rien à craindre d'elle.

Manon secoua la tête.

— Je suis inquiète, nerveuse, je te répète, Maun ! En outre, ce climat ne convient pas du tout à Ahélya...

Maun-Sing l'interrompit d'une voix un peu brève :

— Il m'est cependant impossible de quitter Madapoura en ce moment. Ne me le demande plus, Manon, car tu sais comme il m'est dur de te refuser quelque chose.

Il s'écartait d'elle, légèrement, en laissant retomber la main qu'il appuyait sur son bras. Le cœur de Manon se serra. D'un geste presque violent, la jeune femme saisit ce bras qui se retirait, et attacha un regard d'interrogation angoissée sur les yeux noirs, assombris, dans le visage un peu pâle.

— Voyons, qu'as-tu, Maun ? Que me caches-tu ? Maun, je t'ai donné toute ma confiance ! Mais, en retour, je te demande la tienne !

Il la saisit entre ses bras, la pressa contre lui, en appuyant ses lèvres sur les paupières palpitantes.

— Qu'as-tu besoin de me la demander ? Je t'ai donné tout mon amour, avec ma plus entière fidélité. Je t'appartiens, Manon, tu le sais bien. Que veux-tu de plus ?

— Que tu me révèles ton âme, et le sujet de tes préoccupations depuis que tu es ici.

Il eut un rire d'ironie qui sonna faux.

— Mon âme ? Oh ! petite chérie, tu exiges trop ! Je ne la connais guère moi-même, vois-tu...

— Eh bien ! laisse-moi y lire.

— Mais fais-le ! Je ne m'y oppose pas le moins du monde !

— Si, car tu me caches quelque chose... Oh ! Maun, ne dis plus non ! Je le sens... et j'en souffre tant !

Elle se redressait un peu dans les bras du maharajah et plongeait son beau regard profond, ardemment interrogateur, dans les yeux sombres qui se troublaient.

Maun-Sing dit d'une voix légèrement étouffée :

— Ne me demande rien, ma bien-aimée ! Ce que je dois te dire, je te le dirai toujours. Mais ne demande pas... Attends... Et ne te fais pas de folles idées, surtout ! Mon amour est à toi, sans réserve et à jamais !

Elle murmura :

— Oh ! cela, je le sais ! Mais il y a autre chose...

Il parut ne pas avoir entendu. Laissant retomber ses bras, il continua de marcher dans l'allée d'orangers. Près de lui avançait Manon, silencieuse et le cœur oppressé. Elle songeait :

« Il n'a pas nié. Il a un secret, qu'il ne veut pas me dire. Mais je le saurai... Je veux le savoir ! »

Et elle se promit de renouveler sa tentative, dès ce soir même.

Mais à l'heure où Maun-Sing venait habituellement dîner avec elle, Jeimal se présenta, apportant un mot du maharajah.

« Une affaire imprévue m'empêche de venir vers toi, ce soir, chère Manon, écrivait-il. Surtout, ne te fais pas d'inquiétudes et chasse les idées extravagantes ! A demain, ma petite chérie... unique tendresse de mon cœur ! »

L'impatience et l'angoisse se partageaient l'âme de Manon, tandis qu'un peu plus tard, assise dans le salon de marbre à bordure de lapis-lazuli, elle relisait ce court billet.

Ainsi, pas plus aujourd'hui qu'auparavant, il ne lui donnait d'explications... Une affaire... Toujours un de ces mots vagues et élastiques dont il se servait dès qu'il ne voulait pas dire à Manon la vérité...

Elle croyait cependant lui avoir montré qu'elle n'était pas de ces femmes qui se contentent de l'amour, si sincère et passionné qu'il soit. Il lui fallait toute la confiance de son mari, comme elle-même lui donnait la sienne. A ce prix seul, elle pouvait être heureuse... Demain, elle le dirait fermement à Maun-Sing et il faudrait bien qu'il le comprît, cette fois.

Soucieuse, les nerfs agités, elle restait inactive, ce soir-là, contre sa coutume. Dix heures avaient sonné, puis onze heures. Elle avait renvoyé ses femmes, en leur déclarant qu'elles pouvaient prendre du repos, car elle n'avait plus besoin de leurs services. Elle sentait en effet qu'il lui serait impossible de dormir, qu'elle se retournerait et s'agiterait sans trêve sur son lit. Mieux valait donc rester assise dans ce salon frais et parfumé, jusqu'à ce qu'elle sentît l'engourdissement précurseur du sommeil.

La nuit était tiède et claire. Des senteurs multiples et enivrantes s'exhalaient des jardins. Le murmure des eaux jaillissantes arrivait jusqu'à Manon qui songeait mélancoliquement, tandis que des frissons de malaise glissaient, de temps à autre, le long de son corps.

D'une main distraite, la jeune femme tourmentait les perles admirables qui retombaient sur son corsage, en triple rang. Maun-Sing possédait les plus merveilleux joyaux du monde, trésors d'une valeur incalculable enfermés en ce lieu mystérieux que, seuls, Dhaula et lui connaissaient. Et il en avait comblé Manon, se plaisant à la voir parée de ces gemmes magnifiques, et surtout de ce collier, le premier présent qu'il lui avait fait dès leur arrivée à Madapoura.

La pensée de la jeune femme s'en allait vers Paris, vers ceux qu'elle avait connus. Que devenaient-ils, tous ?... Achille ? Et Lucie ? Et cette bonne voisine Jeanne Brûlier, avec ses gentils petits enfants ?

Que pensaient-ils de sa disparition ? Et Mme de Courbarols, surtout ? Elle qui l'avait tant aimée... au temps de ses misères.

« Peut-être m'a-t-elle mal jugée ! » songea la jeune femme, dont le visage se couvrit de rougeur à cette pensée.

Puis, sur l'écran de ses souvenirs, apparut

le visage de M. de Courbarols, le complice de Sangram.

Maun-Sing, qui le connaissait et surtout l'avait bien jugé, lui avait laissé entendre plus d'une fois, au cours de conversations, qu'il soupçonnait la raison de l'hostilité du comte à son égard. Mais il avait toujours ajouté :

— J'aime mieux attendre d'avoir une certitude pour t'en faire part, afin de ne pas risquer pour toi la souffrance d'une désillusion.

Il avait de ces sollicitudes, de ces délicatesses, à son sujet, qui étonnaient de la part d'une nature par ailleurs très personnelle et indifférente à autrui. Manon avait conscience d'être vraiment tout pour lui, comme il le lui répétait souvent... Tout, oui... Et, cependant, ce secret qu'il ne voulait pas lui dire...

Le malaise nerveux augmentait. Manon se leva en songeant :

« Quelques pas dehors le dissiperont peut-être. »

Il lui semblait que son passé, si simple, de pauvre enfant trouvée n'était pas aboli par son mariage. Elle avait la pénible impression que la coupure n'était pas définitive et qu'elle aurait, à nouveau, affaire avec tous ceux, amis ou ennemis, qu'elle avait connus en France.

Elle quitta le palais et s'engagea au hasard devant elle, dans une allée. Elle marchait lentement, rêveuse, un peu étourdie par tous ces parfums qui ne lui avaient jamais semblé si forts que ce soir. Elle pensait à Maun-Sing, à sa préoccupation visible, à son refus de répondre. Que faisait-il, en ce moment ? Cette affaire, qui l'empêchait de venir retrouver sa femme, qu'était-elle donc ?...

Machinalement, Manon s'était arrêtée près d'une colonnade de marbre, autour de laquelle s'enchevêtraient le jasmin et les roses.

Tout à coup, elle eut un tressaillement léger et se recula un peu dans l'ombre.

Une silhouette d'homme se hâtait, le long des allées. Elle crut reconnaître Jeimal, le favori du maharajah. Où allait-il donc, à cette heure ? Ah ! encore un autre Hindou qui le rejoignait ! Puis un troisième, marchant vite, lui aussi, comme une personne en retard.

Manon, tout à coup, pensa :

« Peut-être, si je les suivais, saurais-je enfin ? Si, par exemple, il y a complot et qu'ils aillent à quelque rendez-vous ! Oui, ce doit être cela... Maun-Sing était préoccupé parce que le moment arrivait où la révolte allait éclater ! Mais il n'a rien voulu me dire, pour ne pas m'inquiéter à l'avance.

« Cher, cher Maun… Oui, certes, j'aurais éprouvé de cruelles angoisses, mais il ne me serait pas venu à l'idée de le détourner de ce projet, s'il y voit un devoir de patriotisme. Ah ! il faut que je sache ! Il faut ! »

Elle se glissa hors de la colonnade et, de loin, suivit les trois hommes qui continuaient de se hâter. Bientôt, ils atteignirent l'extrémité des jardins. Là se dressait la muraille de roche entaillée de cette fissure qui avait intrigué Manon, la première fois que son mari l'avait conduite jusque-là.

La jeune femme, tout en marchant très vite, ne quittait pas du regard les trois Hindous. Tout à coup, elle les vit disparaître.

Où étaient-ils passés ? Elle avança avec précaution. Bientôt, elle atteignit la fissure, à l'entrée de laquelle poussaient des arbustes divers. C'était là, de toute évidence, qu'avaient disparu les trois hommes.

Sans réfléchir davantage, Manon s'engagea dans le couloir rocheux. Ce soir, surexcitée, frissonnante d'inquiétude, elle voulait savoir… savoir à tout prix.

La lune donnait une suffisante clarté pour lui permettre de se diriger dans l'étroit boyau qui, peu à peu, s'élargissait, devenait un ravin encaissé entre des rocs à pic.

Un ruisseau, allant se perdre sans doute en quelque puits caché, coulait parmi une végétation exubérante, qui cachait en partie les gigantesques figures de pierre taillées dans le roc, de chaque côté du ravin.

Ce lieu avait un aspect saisissant et Manon, avec un frisson d'effroi, s'arrêta un moment.

Les figures fantastiques, éclairées par un rayon de lune, semblaient fixer sur elle leurs yeux de pierre, pleins de menace.

Etait-ce là ce temple primitif, mentionné par Maun-Sing, et sur lequel il ne lui avait pas donné de détails ? Lieu sinistre où, dans l'atmosphère humide et froide, on évoquait aussitôt les sacrifices humains, sans doute offerts, jadis, aux monstrueuses idoles. Maintenant, Manon se demandait si elle n'allait pas retourner en arrière.

Ce ravin avait des allures de coupe-gorge. Elle risquait de s'égarer et...

A cet instant de ses réflexions, il lui sembla entendre un léger bruit de pas. Elle se recula précipitamment, se dissimula derrière un énorme cactus.

Deux Hindous apparaissaient, en effet, se hâtant comme les autres. Ils passèrent près de Manon, sans la voir. Et, oubliant toutes ses craintes, la jeune femme quitta sa cachette pour les suivre d'un peu loin.

Les statues, les autels taillés dans le roc, les cavernes profondes se succédaient le long du ravin. Manon avançait comme en un rêve, n'ayant presque plus conscience de l'heure, du lieu où elle se trouvait. Toute son attention se tendait pour ne pas perdre la trace des deux hommes.

Elle les vit tout à coup disparaître dans une large anfractuosité creusée au flanc du ravin. A son tour, frissonnante et résolue, elle y pénétra.

Elle se trouva dans une chambre immense creusée à même le roc et où se dressaient neuf statues colossales. Trois lampes jetaient dans l'ombre de faibles halos de lumière.

Manon s'avança, après avoir constaté d'un coup d'œil que la salle était déserte.

Où donc étaient passés les deux Hindous ?

Dans le fond se dressait un autel de pierre, décoré de sculptures primitives. En s'en approchant, Manon vit qu'un de ses côtés laissait apparaître une ouverture où pouvait se glisser un corps humain.

La jeune femme, après une courte et fervente prière, s'y engagea résolument. C'était un étroit couloir en pente douce qui s'enfonçait sous terre. L'obscurité y était complète. Cependant, Manon se rendit bientôt compte qu'il s'élargissait peu à peu et tournait plusieurs fois.

L'air y était sec et léger. Rien n'en

troublait le silence impressionnant, qui semblait à Manon receleur de menaces.

Où allait-elle ainsi? En quelle aventure terrible s'engageait-elle?

Tout à coup, elle eut conscience qu'un être humain venait de surgir près d'elle. Une lampe fut démasquée et sa lueur frappa la jeune femme en pleine figure.

L'homme — un Hindou à la carrure énorme, au visage presque noir — jeta une exclamation:

— Une femme, ici!

Sa main s'abattit sur l'épaule de Manon et il ricana:

— Tu as voulu voir le seigneur Vichnou! Eh bien! tu le verras! Mais, après cela, jamais plus la lumière du jour ne frappera tes yeux!

La jeune femme eut un mouvement de recul et, dominant sa terreur, dit fermement:

— Laissez-moi! J'appartiens au maharajah de Bangore.

— Sa Hautesse te jugera tout à l'heure et, si elle te fait grâce de la vie, elle t'enverra augmenter le nombre des prêtresses vouées au culte de Kâli. Viens!

Brutalement, il entraînait Manon.

La jeune femme se laissait faire maintenant. Du moment où on l'emmenait vers son mari, elle savait n'avoir plus rien à craindre. Mais elle tremblait à l'approche de la révélation vers laquelle, sans aucun doute, cet inconnu la conduisait.

La lampe jetait de courtes lueurs sur les murs de roc. Bientôt, le couloir se divisa... puis ce fut dans un véritable dédale de galeries s'enchevêtrant l'une dans l'autre que l'Hindou s'engagea, tenant toujours la main de Manon.

La jeune femme songeait avec terreur :

« S'il m'abandonnait là, je serais perdue, car je me trouverais dans l'impossibilité de me reconnaître à travers ce labyrinthe. »

Des sons lui arrivaient maintenant, de plus en plus distincts. Bientôt, elle put les identifier. Le jour où elle avait visité la ville, avec sa belle-sœur, elle en avait ouï de semblables, en passant près d'un temple. Et Ahélya lui avait dit :

— On célèbre aujourd'hui une fête en l'honneur de Siva. Ce que vous entendez, ce sont les cymbales et les conques d'ivoire, qui sont ici de toutes les fêtes religieuses.

A mesure que les sons devenaient plus proches, un reflet de lumière de plus en plus intense éclairait la galerie où l'Hindou avançait avec Manon. Puis, subitement, tous deux débouchèrent sur une sorte de plate-forme rocheuse, qui semblait suspendue dans le vide.

Et Manon vit devant elle une salle immense, taillée à même le roc.

D'innombrables lampes de cristal l'éclairaient. Des parfums de myrrhe et de santal s'élevaient de cassolettes d'or rutilantes de gemmes précieuses.

Sur le sol, des centaines d'Hindous étaient prosternés, le front dans la poussière. Ils adoraient... Quoi ? Qui ?

Le regard de la jeune femme, ébloui par ces lumières, par ce spectacle inattendu, se dirigeait maintenant à droite de la salle souterraine. Et il se dilata, sous l'empire d'une stupéfaction indicible.

Sur une estrade de pierre se dressait un trône d'or du plus merveilleux travail, incrusté de pierreries d'où s'échappaient de fulgurantes lueurs. Un homme y était assis... un homme jeune, vêtu de blanc, dont le turban s'ornait d'un diamant énorme, aux feux éblouissants.

Ce beau visage impassible, aux yeux ardents... c'était celui de Maun-Sing.

Le maharajah restait immobile, dans une attitude presque hiératique. Son regard ne s'abaissait pas vers la foule prosternée ; il demeurait perdu dans un rêve hautain, tandis que la main fine, où le rubis projetait des éclairs de pourpre, jouait distraitement avec un cobra, le terrible serpent dont la morsure ne pardonne pas.

De chaque côté de Maun-Sing étaient agenouillés Dhaula et Dhava. Et, sur les degrés de l'estrade, où fumaient des cassolettes d'or, d'autres brahmes se tenaient, dans l'attitude de l'adoration.

Manon, éperdue de stupeur, pensait :

« Voyons, je suis hallucinée ? Maun-Sing... Que fait-il là ? Et tous ces hommes ? On croirait que... »

A son oreille, la voix de l'Hindou qui l'avait amenée ricana :

— Tu as voulu voir Vichnou, le dix fois saint ? Eh bien ! regarde-le ! Après cela, tu entreras pour toujours dans les ténèbres de Kâli, la farouche, la sanglante !...

Manon bégaya :

— Que dites-vous ? Vichnou ?

A ce moment, un mouvement se produisit parmi la foule. Cymbales et conques d'ivoires se turent. Deux hommes, deux géants au torse nu, surgissaient de derrière une colonne, traînant un vigoureux garçon qu'ils jetèrent brutalement au pied de l'estrade.

Dhaula releva la tête, étendit la main vers lui, en prononçant quelques mots. Comme il ne parlait pas en rajpout, Manon ne les comprit pas.

L'homme, prosterné sur le sol, éleva ses deux mains au-dessus de sa tête, en jetant un cri de supplication.

Maun-Sing continuait de rester immobile. Il n'avait même pas un regard pour l'être ainsi jeté à ses pieds et qui l'implorait maintenant.

Dhava se redressa tout à coup. Dans sa face maigre, ses yeux d'illuminé luisaient comme des charbons allumés.

Il fit un geste. L'un des Hindous géants se baissa, prit sur un des degrés un poignard dont la lame étincela dans la lumière. Puis, l'arme levée, il se pencha vers l'homme étendu à terre.

Manon jeta un cri terrible et s'avança jusqu'au bord de la plate-forme, les bras étendus.

Sa voix éclata dans le silence de l'immense salle souterraine :

— Maun ! C'est odieux !... Arrête cela... arrête !

Le maharajah sursauta et ses yeux, où passait une sorte d'affolement, se levèrent dans la direction d'où venait la voix.

Alors il devint d'une pâleur de mort et, pendant quelques secondes, il parut prêt à bondir, à s'élancer vers la jeune femme.

Debout, avec ses voiles flottants, ses bras étendus, son visage convulsé par l'horreur, Manon était une apparition saisissante.

Les Hindous prosternés, les brahmes eux-mêmes, semblaient frappés de stupeur.

Mais, instantanément, Dhaula retrouvait

sa présence d'esprit. A demi soulevé, il parla bas au maharajah. Celui-ci, détournant son regard de Manon, lui répondit quelques mots. Alors le brahme descendit rapidement les degrés, se fraya un passage à travers la foule, sans souci des corps qu'il foulait aux pieds, et atteignit un étroit escalier de pierre qui conduisait à la plate-forme.

Manon le vit se dresser près d'elle et sentit une main dure se poser sur son bras.

— Sa Hautesse ordonne que tu te retires. Drusi va te conduire en un lieu sûr. Suis-le docilement...

Elle l'interrompit, les yeux brillants d'indignation.

— Je ne partirai pas avant d'avoir parlé à Maun-Sing, avant qu'il ait fait grâce à ce malheureux !

Dhaula dit d'un ton de sourde menace :

— Tais-toi, femme !... et prends garde ! Ici, tu ne trouveras plus l'homme qui t'aime... beaucoup trop, et qui ne te refuse rien. Obéis sans discuter, si tu ne veux encourir la colère de Vichnou.

Manon s'écarta brusquement, en répliquant d'une voix basse, où vibrait une émotion violente :

— Que m'importe Vichnou ! Ce que je veux, c'est parler à Maun-Sing... Laissez-moi passer !

Elle voulut repousser le brahme... Mais Dhaula, sans bouger, dit froidement :

— Regarde-le. Il ne se soucie plus de toi... Il est tout à ses fidèles.

Sur le trône éblouissant, Maun-Sing avait, en effet, repris sa hautaine immobilité.

Du même geste distrait que tout à l'heure, sa main jouait avec le serpent qui se tordait autour d'elle.

Et ses yeux ne se tournaient pas vers Manon. Ils continuaient leur rêve altier, sous les paupières mi-closes.

La jeune femme eut un frisson de douleur... Machinalement, elle se recula. Drusi, à qui le brahme, à mi-voix, venait de dire quelques mots, l'entraîna, sans rudesse, et elle se laissa faire, presque inconsciente, en ne pensant qu'à cette chose affreuse : Maun-Sing la reniait, se désintéressait d'elle, la faisait expulser sans vouloir l'écouter.

De nouveau, son guide l'emmenait le long des galeries sombres, à travers le dédale de cette immense demeure souterraine.

Dans le désarroi de son âme, elle ne lui demandait même pas : « Où allons-nous ? »

D'ailleurs, où pouvait-il la conduire, sinon hors des lieux sacrés où elle avait osé pénétrer ? Alors, elle regagnerait, par les

jardins, le palais de marbre blanc, le délicieux logis où Maun-Sing lui avait dit si
souvent :

— Je t'aime, Manon !... Je t'aime plus
que tout au monde !

Quel rôle jouait-il donc ?... Qu'était-ce
que cette assemblée, cette cérémonie, ces
formes d'adoration qui semblaient s'adresser à lui, comme à un dieu ?

Drusi dit tout à coup :

— Attention, il y a des marches !

Elle descendit machinalement, sans se
faire la réflexion qu'à l'aller elle n'avait
monté aucun escalier.

Encore une galerie, très large celle-là, et
sur les murs de laquelle grimaçaient
d'étranges figures.

Drusi s'arrêta devant une porte, frappa
sur un gong pendu près de l'entrée... Puis il
ouvrit le lourd battant de bois de teck et
entra avec Manon dans une salle aux piliers
de pierre brute et sombre, où, dans l'obscurité, vacillait la lueur de deux lampes placées tout au fond, face à l'entrée.

Une forme humaine se dressa, fit quelques pas au-devant des arrivants... C'était
une femme vêtue de noir. Un voile noir
entourait son visage bronzé, où brillaient
des yeux durs.

Drusi prononça quelques mots, en un
dialecte que ne comprenait pas Manon...

104

La jeune femme, stupéfaite, jetait autour d'elle des regards pleins d'une inquiétude qui, tout à coup, devint de l'effroi...

Car là-bas, entre les lampes dont la lumière jaune l'éclairait lugubrement, se dressait une monstrueuse statue de Kâli, aux bras multiples, au hideux visage de férocité.

Manon n'ignorait pas quel culte sanglant était rendu autrefois à la sinistre déesse... En plein jour, l'affreuse effigie l'eût déjà fortement impressionnée. Ici, dans cette salle souterraine, elle lui inspirait une terreur qui la fit reculer, brusquement.

S'adressant à Drusi, elle s'écria :

— Où m'avez-vous amenée?... Pourquoi ne m'avez-vous pas reconduite au-dehors?

Il répondit d'un air impassible :

— J'accomplis les ordres qui m'ont été donnés.

— Quels sont ces ordres?

— Te conduire ici, parmi les prêtresses de Kâli.

— Qui donc vous les a donnés?

— Le seigneur Dhaula.

— Mais moi, je n'ai pas à lui obéir!... Vous allez me faire sortir d'ici, me ramener à l'entrée des jardins...

Sans un mot, l'homme se recula et, souple comme une couleuvre, se glissa vers la porte... Le lourd battant retomba... Manon se trouvait seule avec la femme en noir.

Elle s'élança, essaya d'ouvrir... Mais la femme dit froidement, en rajpoute :

— C'est inutile. Cette porte ferme par un ressort secret, que tu ne découvriras jamais.

Manon se détourna brusquement et se trouva de nouveau en face de l'étrangère.

— Ce secret, vous le connaissez, vous ?

— Oui.

— Eh bien ! alors, ouvrez et indiquez-moi le chemin, puisque ce misérable s'est enfui.

La femme secoua la tête.

— Celles qui entrent ici n'en sortent jamais.

— Que voulez-vous dire ?

— De par l'ordre du divin Vichnou, tu es pour toujours au service de Kâli, la sanglante déesse dont moi, Pundmani, je suis la grande prêtresse.

— L'ordre de Vichnou ?... Qu'est-ce que cela signifie ? Je suis chrétienne et française. Faites-moi sortir d'ici !

La prêtresse, impassible, répliqua :

— Vichnou a ordonné.

Manon s'écria, emportée par l'irritation et l'angoisse :

— Vichnou ? Vichnou ? Pourquoi s'occu-

106

perait-il de moi?... En réalité, c'est Dhaula, le brahme, qui dirige tout cela !

— Dhaula ne fait qu'obéir à celui qui est le maître tout-puissant. Résigne-toi à ton sort, étrangère. Dans ce palais de Madapoura, au cours des siècles, bien d'autres femmes, ayant cessé de plaire à leur seigneur, ont été amenées ici, pour servir jusqu'à leur mort la redoutable Kâli. Aujourd'hui, voici ton tour. Nous te recevons parmi nous, toi qui fus aimée de Maun-Sing, notre maître à tous, toi qu'il repousse maintenant dans sa colère.

Surgissant de l'ombre, d'autres femmes apparaissaient, enveloppées de voiles noirs, silencieuses et lugubres.

Elles entouraient Manon, qui, dans son saisissement, restait sans voix.

Pundmani reprit :

— Tu vas passer ici, seule, la nuit d'initiation. Kâli te protégera, toi qui deviens sa prêtresse. Et demain, tu quitteras tes voiles blancs, tes joyaux, pour revêtir nos vêtements sombres — sombres comme la nuit où nous vivons toujours.

D'un souple mouvement, les prêtresses s'écartèrent, reculèrent, s'évanouirent dans les ténèbres profondes.

Et Manon se trouva seule.

VII

La jeune femme passa sur son front sa main tremblante, qui se glaçait.

Toute cette scène et ce décor n'étaient-ils pas une hallucination ?

Mais non, elle voyait bien là, en toute réalité, cette image de la sinistre Kâli, aux pieds de laquelle, sans doute, avaient été immolées autrefois tant de victimes humaines.

La jaune lueur des lampes tremblait sur la hideuse figure de pierre au rictus cruel, sur les bras multiples brandissant chacun un serpent.

Quelque chose remuait, sur le sol, devant le piédestal supportant la statue.

Manon étouffa un cri d'horreur, en se reculant brusquement.

La jeune femme recula encore, tout au fond de la salle souterraine. Elle tremblait convulsivement et sentait se glacer le sang dans ses veines.

La grande prêtresse avait dit : « Tu passeras la nuit ici ! »

La nuit, c'est-à-dire encore des heures, seule avec les serpents consacrés à la sanguinaire déesse. S'ils s'approchaient d'elle... alors, oh ! certainement, elle mourrait d'horreur, avant même qu'ils l'eussent atteinte de leur venin !

Elle alla à la porte, essaya encore de l'ouvrir... Mais ce fut en vain.

Alors, elle jeta autour d'elle un regard d'angoisse éperdue.

Si elle pouvait monter sur quelque chose, pour se trouver moins exposée ?

Il y avait, à droite, une sorte de table de pierre, dans laquelle était creusée une rigole... Sans doute, autrefois, servait-elle aux sacrifices humains... Manon réussit à se hisser là et se tint debout, ses yeux terrifiés surveillant les mouvements des serpents, qui se balançaient sur la queue, en sifflant.

Au bout d'un long moment, ils se calmèrent, retombèrent sur le sol et disparurent en quelque mystérieuse retraite. Alors, Manon, brisée de fatigue et d'émotion, s'accroupit sur la table de pierre.

Elle frissonnait et ses dents claquaient.

Ce misérable Dhaula !... Car elle était sûre que le brahme avait agi de lui-même, ou du moins interprété à sa façon les ordres de Maun-Sing. Celui-ci avait bien pu éprouver un vif mécontentement à l'apparition de sa femme, à son intervention en faveur de l'homme qu'on allait immoler... il avait pu même, en véritable Oriental qu'il était, au fond, avoir l'air de la repousser, de la renier... mais elle ne doutait pas un instant qu'il continuât de l'aimer et qu'il ignorât vers quel lieu on la conduisait.

Mais Dhaula !

Elle était certaine que cet homme la détestait. N'était-ce pas lui, déjà, qui avait essayé d'attenter à sa vie ? Qui savait ! Elle l'avait soupçonné et en était à peu près sûre aujourd'hui.

Cependant, comment osait-il ?... De quelle façon expliquerait-il son acte au maharajah ? Car, enfin, il ne pouvait la faire disparaître ainsi ? Maun-Sing, en ne la voyant pas, à son retour, interrogerait le brahme... et il n'était pas homme à se laisser leurrer.

Alors, il faudrait que Dhaula indiquât la retraite où il avait fait conduire la jeune femme.

Manon frissonna plus fort. Cet homme devait être habile, plein de ruse, et il avait certainement médité son plan. Il s'arrangerait pour faire croire à Maun-Sing que la jeune Française avait disparu, il donnerait des explications plausibles... Confident et ami du maharajah, celui-ci ne se défierait pas de lui et n'imaginerait jamais qu'il l'eût séparé sciemment de la jeune femme tant aimée.

Alors ?... Alors, était-elle destinée à demeurer prisonnière ici, à ne plus revoir la lumière du jour... et surtout Maun-Sing, son mari ?

Devrait-elle vivre parmi les prêtresses de la farouche déesse, face à face avec l'horrible visage de pierre ? Elle se laissa glisser à genoux, en joignant les mains.

— Mon Dieu, mon Dieu, ayez pitié de moi !... Sauvez-moi !

La lumière des lampes vacillait plus fort... Manon s'aperçut tout à coup avec terreur que celles-ci s'éteignaient.

Et bientôt, elle se trouva dans l'obscurité complète.

Les heures qui s'écoulèrent ensuite ne furent qu'une suite de terreurs.

Manon, la sueur aux tempes, les épaules agitées d'un tremblement, tendait l'oreille au moindre bruit... A tout instant, il lui semblait entendre sur le sol le lent frôlement d'un corps rampant... Elle se dressait alors, déjà raidie à la seule pensée du hideux contact. Pendant des minutes longues comme des siècles, elle demeurait immobile, figée dans l'horreur de cette attente.

Mais elle s'était trompée, sans doute...

Les reptiles dormaient en leur retraite... plus rien ne se faisait entendre...

Et elle s'accroupissait de nouveau sur la table de pierre, le corps frissonnant et les dents claquantes de fièvre.

Depuis combien d'heures était-elle là, dans ces horribles ténèbres, quand elle entendit le bruit d'une porte qui s'ouvrait et vit surgir une lueur, qui éclairait deux silhouettes d'hommes ?

L'un des arrivants était vêtu de blanc, et la lueur de la lampe que tenait son compagnon faisait jaillir des éclairs du diamant qui ornait son turban.

Un cri éclata dans le silence de la salle souterraine.

— Manon !

La jeune femme murmura :

— Maun !... Ah ! Maun !

Déjà, il était près d'elle, entourant de ses bras le corps frissonnant, qui s'abandonnait contre sa poitrine.

— Manon, mon amour !... Me voici !... Tu n'as plus rien à craindre !

Elle balbutia, presque défaillante :

— Je savais bien... que ce n'était pas toi... qui m'avait envoyée ici...

— Moi ? Ah ! ma chérie, ma chérie !... Il y a là-dessous quelque machination terrible...

Et, s'adressant à l'homme qui se tenait

derrière lui, la lampe à la main, le maharajah ordonna :

— Frappe sur le gong, Anang.

Tandis que l'Hindou obéissait, Maun-Sing enlevait entre ses bras la jeune femme et la mettait debout doucement sur le sol, en la tenant toujours étroitement serrée contre lui.

Elle murmura d'un ton d'effroi :

— Mais les serpents ?... Ils vont peut-être revenir ?

— Ne crains rien, tant que je suis là, ils ne t'approcheront pas.

Brisée par les fatigues et les atroces émotions de cette nuit terrible, Manon laissa aller sa tête contre l'épaule de son mari... Elle n'avait plus la force de penser, de réfléchir... Elle n'éprouvait qu'un immense soulagement à se voir dans les bras de Maun-Sing, à sentir sur son front, sur ses yeux, les lèvres passionnées qui s'y appuyaient longuement.

Le gong avait résonné sous la main d'Anang... Au bout de quelques minutes, un bruit léger se fit entendre — tel le déclic d'un ressort... Et de l'ombre profonde qui s'étendait derrière les colonnes surgit une femme en noir, tenant une lampe à la main.

C'était Pundmani, la prêtresse de Kâli.

A la vue du maharajah, elle s'immobilisa, les yeux dilatés dans sa face blême... Puis elle se laissa glisser à genoux, mit sa lampe sur le sol et se prosterna, le front contre terre.

Alors, Maun-Sing parla, d'une voix dure, impérieuse... Il employait un dialecte inconnu de Manon ; mais celle-ci comprenait qu'il interrogeait la femme prosternée. Pundmani répondait d'un ton rauque, comme un être que la terreur étreint... Et, de fait, Manon la voyait trembler convulsivement, sous le voile sombre dont elle était enveloppée.

Tout à coup, la jeune femme eut un sursaut... Trois serpents sortaient de leur retraite et s'avançaient lentement.

Manon balbutia :

— Oh ! Maun, les voilà !

— Ne crains rien, te dis-je, ma bien-aimée ! D'ailleurs, nous allons partir d'ici. Cette femme m'aidera à te porter jusqu'au palais.

Manon ne protesta pas. Elle se sentait si faible qu'il lui eût semblé impossible de faire ce trajet.

Maun-Sing adressa quelques mots brefs à la prêtresse... Celle-ci se mit sur ses genoux, puis se leva. Sous le voile noir, son visage apparaissait livide et contracté.

Mais elle obéit passivement à tous les ordres du maharajah... Portée par son mari et par elle, Manon refit le trajet à travers le dédale souterrain… Anang les précédait, la lampe à la main. Ils atteignirent ainsi le couloir en pente qui conduisait à la salle ornée de statues colossales, donnant sur le ravin.

Pundmani s'arrêta, en levant sur le maharajah un regard de supplication désespérée. Il y répondit par un ordre bref… La prêtresse courba la tête et fit de nouveau quelques pas.

Manon, à qui cette scène n'avait pas échappé, s'informa :

— Qu'a donc cette femme ?… Que te demande-t-elle, Maun ?

— De ne pas l'obliger à voir le jour.

— Pourquoi ?

— Elle pourrait avoir des désagréments.

— Quels désagréments ?

— Allons, ne fais pas la curieuse, Manon !

Tout en parlant, il caressait amoureusement la merveilleuse chevelure que le voile, défait, laissait apercevoir et qui retombait autour du beau visage appuyé contre son épaule.

Elle insista, saisie d'un soupçon :

— Si, je veux savoir !… Maun, tu médites quelque châtiment terrible contre cette femme ? Je l'ai compris à ton intonation, tout à l'heure. Cependant, elle n'a été qu'un instrument…

116

— Je punis les instruments aussi bien que ceux qui s'en servent.

— C'est injuste !

— Ne t'occupe pas de cela, Manon.

— Dis-moi pourquoi elle paraît tant effrayée ?... Que lui arrivera-t-il, si elle voit le jour ?

— Les prêtresses de Kâli, enfermées dans le temple souterrain, ne doivent jamais en sortir, sous peine de mort. Si, volontairement ou non, elles enfreignent cette règle, on pourchasse la coupable, on la ramène parmi ses compagnes, qui se chargent du châtiment.

— Mais c'est épouvantable !... Et tu condamnes cette malheureuse à ce sort !... Oh ! Maun !

— Cette malheureuse, si elle t'avait trouvée encore vivante après ce qu'elle appelle la nuit d'initiation, t'aurait fait mourir peu à peu par de savantes tortures... Rien n'est plus cruel, plus sanguinaire que l'âme de ces femmes, vouées à la sanglante Kâli, et qui n'ont plus d'humain que le nom.

— C'est égal, Maun, je ne veux pas !... je ne veux pas que tu la fasses mourir à cause de moi !

Ses yeux, si beaux dans son visage pâli, exigeaient et suppliaient à la fois. Maun-Sing eut un léger mouvement d'épaules, en murmurant :

— Ah, Manon, Manon, il est bien vrai que je ne suis plus le maître, près de toi !

Et, s'arrêtant, il fit mettre debout la jeune femme, en adressant quelques mots à Pundmani. La prêtresse eut un tressaillement et ses yeux sombres s'éclairèrent d'une lueur de stupéfaction.

Elle se laissa glisser à genoux, mit son front dans la poussière. Puis, se relevant, elle s'éloigna et disparut dans l'obscurité, où ses yeux, habitués aux perpétuelles ténèbres, lui permettaient de se mouvoir comme en plein jour.

Au bras de son mari, Manon fit quelques pas qui la séparaient encore de la sortie du couloir. Dans la chambre aux statues, où pénétrait un reflet du jour terne qui éclairait le ravin, Anang éteignit sa lampe et aida le maharajah à porter la jeune femme.

Bientôt, ils furent dans les jardins, puis au petit palais de marbre blanc... Les suivantes, appelées, déshabillèrent leur maîtresse et la mirent au lit... Manon était saisie de frissons et de fièvre. La réaction de cette nuit atroce s'opérait. Le médecin, aussitôt accouru sur l'ordre du maharajah, prescrivit des calmants, du repos — repos de corps et d'esprit, prescrivit-il.

Repos d'esprit !... Quand tant d'angoisses étreignaient son cœur, torturaient son âme !

Au premier moment, elle n'avait pensé qu'au bonheur d'être sauvée par Maun-Sing, à l'espoir qu'il n'était pour rien dans le sort affreux qu'on lui avait préparé. Mais maintenant lui revenait le souvenir de ce qu'elle avait vu dans la salle souterraine.

Maun-Sing, idole impassible, sur son trône d'or... La foule de ces Hindous prosternés, l'adorant... L'homme, jeté à ses pieds, prêt à être égorgé... Et lui, son mari, se détournant d'elle, semblant la renier...

Oh ! tout cela, il fallait qu'il le lui expliquât ! Il se tenait près d'elle, lui témoignant la plus tendre sollicitude. Son visage était pâle, altéré, comme celui d'un homme qui a subi de cruelles angoisses.

Quand Manon se vit seule avec lui, elle étendit sa main et la posa sur la sienne, en le regardant droit dans les yeux.

— Maintenant, Maun, il faut me dire ce que signifie tout ce que j'ai vu, cette nuit.

Il se pencha et appuya ses lèvres frémissantes sur la main glacée.

— Pas en ce moment, ma chérie... Oui, je te dirai tout !... Mais tu es trop fatiguée, trop nerveuse, pour que je...

Elle retira sa main, en disant d'une voix brève :

— Assez de tergiversations, Maun ! Je veux savoir... Ne comprends-tu pas que l'incertitude est pire que tout, pour moi ?

Il se redressa, en attachant sur elle ses yeux ardents.

— Soit, puisque tu le veux ! Aussi bien, tu as raison, mieux vaut que tout se trouve éclairci entre nous. Et tu me comprendras peut-être... tu m'approuveras, étant donné le but que je poursuis...

Il se tut un moment, les paupières mi-closes... Son menton s'appuyait sur sa main et un rayon de soleil, qui s'égarait là, faisait étinceler le merveilleux rubis...

Manon, le cœur battant d'inquiétude, attendait...

Il reprit, d'une voix nette et calme :

— Il faut que je prenne les faits d'un peu loin, que je te parle de mon père... Au contraire de ce qu'on croyait, il ne s'était jamais résigné à la domination de l'étranger. Secrètement, il haïssait le vainqueur et cherchait sans trêve le moyen de rendre à l'Inde son indépendance. Dhaula et Dhava, ses amis, ses conseillers, l'entretenaient dans cette pensée. Quand je vins au monde, ce fut Dhaula qui lui suggéra l'idée d'après laquelle toute ma vie allait être orientée. Tu sais que, suivant la croyance brahmanique, Vichnou, l'un des dieux de la triade, doit se réincarner dix fois dans des corps d'hommes ou d'animaux. Et au dixième avatar, il apportera la justice sur la terre. Or, voici ce qu'imaginèrent mon père et Dhaula : ils

120

commencèrent, dès après ma naissance, à répandre à travers l'Inde des bruits mystérieux. Vichnou viendrait bientôt, il se manifesterait à son peuple hindou et l'enlèverait au joug de l'étranger. Cela se fit très habilement, par degrés... L'espérance se propageait, sans que fût éveillée la défiance des Anglais. Pendant ce temps, j'étais élevé pour mon rôle futur... Car tu l'as compris, Manon, ce Vichnou que mon père et Dhaula préparaient ainsi au culte de notre peuple, c'était moi.

Elle répéta, les lèvres tremblantes :

— C'était toi !

Il continua, du même ton calme que démentaient les frémissements de son visage :

— Dès l'enfance, je fus entouré de serviteurs absolument sûrs, à qui on avait persuadé que j'étais une nouvelle réincarnation de Vichnou et le futur libérateur de l'Inde. Et moi-même j'en étais assuré. Je l'ai été jusque vers ma vingtième année. J'avais le feu sacré, j'étais presque aussi fanatique que Dhaula lui-même. Puis, la réflexion, le contact du monde, les études que je faisais changèrent mes idées... Je ne me crus plus le dieu Vichnou, mais je continuai d'accepter qu'on le fît croire à mon futur peuple.

Manon se redressa, les yeux brillants de reproche.

— Ainsi, tu te prêtais à cette supercherie... toi, Maun, que je croyais loyal ?

Il lui saisit la main et la serra entre les
siennes, toutes brûlantes.

— Ecoute, Manon, ma justification !...
C'était pour sauver mon pays, pour le
libérer...

— Tu ne devais pas, même dans ce
dessein, mentir à tout un peuple, jouer
cette comédie sacrilège, dont j'ai vu cette
nuit l'un des actes ! Ah ! comment ne
comprends-tu pas ce qu'il y a d'odieux là-
dedans ?

Une flamme d'irritation traversa les yeux
sombres du maharajah. Il dit avec colère :

— Tu vas trop loin, Manon ! Je veux bien
admettre que tout cela blesse tes idées
d'Occidentale et de chrétienne. Mais le but
est beau, il est noble...

— Soit ! En ce cas, point n'est besoin
d'avoir recours à des moyens blâmables !

— Ces moyens sont les seuls qui puissent
m'amener au résultat désiré. Depuis que je
suis ici, des hommes appartenant aux diffé-
rentes classes de la société, choisis avec
soin, se réunissent au temple souterrain,
presque chaque soir. De temps à autre, je
parais parmi eux... Et puis, dans quelques
jours, ils se répandront à travers l'Hindoustan, semant la parole qui soulèvera les
masses. En un instant, selon toutes nos

122

prévisions, la puissance anglaise en Inde aura vécu. Et tout un peuple m'acclamera comme son maître, comme son libérateur.

L'orgueil, l'ivresse de cette domination future étincelaient dans les yeux superbes.

Manon dit d'une voix basse et tremblante :

— Ah ! Maun, Maun, comme j'avais raison de te dire, le jour où tu m'as demandé de devenir ta femme, que nous étions trop différents l'un de l'autre ! Mais tu devinais bien, alors, que je n'aurais pu t'approuver, et tu t'es bien gardé de m'apprendre ce qui vient de m'être révélé ! Cette dissimulation... je ne puis te dire combien elle m'est douloureuse !

Il se pencha et l'entoura de ses bras, passionnément.

— Manon, je savais que tu ne me comprendrais pas, en cela, et je retardais toujours le moment de t'apprendre... Oui, j'ai eu tort, je le sais bien !... Mais j'agissais là encore par amour pour toi. Et puis, tu m'aurais demandé de renoncer... et je ne peux pas...

— Tu ne peux pas ?... Même si tu reconnais que tu t'es trompé, que tu marches dans une voie mauvaise ?

— Je ne peux pas... Tout est prêt, l'Inde entière m'attend. Maintenant, il faut que j'aille jusqu'au bout du destin qu'on m'a fait.

Manon eut un cri d'indignation.

— Qu'ils sont coupables, ceux qui t'ont conduit là !... Ce Dhaula... Mon instinct ne me trompait pas. C'est un homme dangereux, qui a grisé, aveuglé ta conscience ! Ah ! Maun, comment, intelligent et de cœur noble ainsi que tu l'es, n'as-tu pas échappé plus tôt à l'influence néfaste de cet homme ?

Il ne répondit pas. Ses lèvres frémissantes s'appuyaient sur le front de la jeune femme, qu'il retenait contre lui.

Elle murmura :

— Mon ami, dis-moi, au moins, que tu feras ton possible pour détromper, peu à peu, ces malheureux fanatisés ? Dis-moi, Maun, que tu ne pourras vivre ainsi dans le mensonge ?

Elle le regardait avec une douloureuse et profonde prière dans ses beaux yeux pleins de larmes... Les lèvres brûlantes glissèrent jusqu'à ses paupières et s'y pressèrent longuement.

— Oui, je te le promets, Manon. Depuis que tu vis près de moi, d'ailleurs, mes idées ont commencé de changer. Ce que je croyais licite m'est apparu sous un autre jour, peu à peu... Et c'est sans l'enthousiasme de naguère que je suis allé à ce que

124

Dhaula appelle ma mission. Mais je ne pouvais plus reculer...

— On peut, on doit toujours reculer quand on s'aperçoit que les moyens à employer sont mauvais !

— Non, non... Ne demande pas cela, Manon !

Il se redressait, détournait son regard des yeux graves et suppliants de la jeune femme.

Elle soupira douloureusement :

— Je ne puis donc que prier pour toi ! Ah ! Maun, dans quelle voie périlleuse tu t'engages... à tous points de vue ! Car si tu ne réussis pas... si l'Angleterre...

— Autant qu'on peut l'être humainement, je suis assuré de la réussite. Surtout, ne t'inquiète pas à ce sujet !... Et repose-toi maintenant, n'est-ce pas ?... repose-toi, ma bien-aimée.

Elle secoua la tête.

— Me reposer !... Ah ! trop de soucis m'obsèdent ! Mais dis-moi, Maun... cet homme... cet homme qu'on allait tuer, à tes pieds ?

— Un misérable qui s'apprêtait à nous trahir... Il ne mérite pas ta pitié, Manon. Demeure en paix, ma chérie, je t'en supplie... Tâche d'oublier...

Entre ses mains, il prenait la tête char-

125

mante et baisait le visage pâli, aux yeux cernés.

Elle murmura :

— Oublier ?... Je ne le puis... J'ai vécu trop d'heures atroces, depuis hier. Quand je t'ai vu, d'abord, te détourner de moi, là-bas... envoyer ce Dhaula, pour me chasser.

— Ma petite chérie, je t'en supplie, pardonne-moi ! Mais devant ce peuple, j'y étais obligé... Souviens-toi que tu es au milieu d'Orientaux, et que la femme, pour eux, est un être inférieur. Ta présence, parmi cette assemblée, était un sacrilège. Alors, il fallait... Oh ! Manon, si tu savais ce que j'ai souffert, à ce moment-là ! Toi, tu es tout pour moi ! Toi qui représentes à mes yeux toute la perfection physique et morale ! Toi, Manon, mon amour. Ah ! dis que tu me pardonnes l'obligation devant laquelle je me suis trouvé placé ?

— Cela, oui, je te le pardonne... mais le silence que tu as gardé sur tes desseins, sur le rôle que tu joues... voilà ce que j'oublierai plus difficilement.

Elle resta un moment silencieuse, son front appuyé contre l'épaule de Maun-Sing... Puis elle demanda :

— Comment as-tu su que j'étais dans ce... dans cet horrible temple de Kâli ?

— Ce fut Anang qui me donna cette idée.. En revenant du temple souterrain, je vins ici pour te voir, car je soupçonnais dans quel état d'esprit tu devais être. Mais je ne te trouvai pas et je ne pus te découvrir nulle part ailleurs. Dhaula, interrogé par moi, assurait avoir dit à Drusi de te conduire jusqu'aux jardins, comme je le lui avais ordonné... Mais Drusi, également, demeurait introuvable. Or, cet homme est un terrible fanatique, et je me pris à redouter quelque horrible crime de sa part. Je résolus de fouiller moi-même toute la demeure souterraine. Et je pris Anang pour m'aider dans mes recherches. Son incurable paresse mise à part, c'est un serviteur précieux, d'intelligence déliée, en même temps qu'un de nos plus sûrs fidèles. De plus, Manon, il t'est dévoué jusqu'à la mort... Donc, nous partîmes... Et comme nous nous enfoncions dans le dédale souterrain, Anang me dit tout à coup : « Seigneur... ne penses-tu pas que peut-être, d'abord, il faudrait voir dans le temple de Kâli ? »...

« Je sursautai d'horreur... Toi, ma bien-aimée, dans ce lieu sinistre, dans cet antre abominable de la farouche Kâli !... Mais Anang avait raison : il fallait tout d'abord nous diriger de ce côté, car c'est là qu'on enfermait jadis les femmes du palais qui avaient commis quelque faute grave, ou quelque sacrilège. Alors, te retrouverais-je vivante, parmi ces monstres à figure humaine, parmi les reptiles qui sont leurs compagnons fidèles ? Oui, tu l'étais, mon amour !... Mais je ne puis effacer les heures épouvantables que tu as passées dans ce lieu de terreur ! Je vais le faire rechercher, ce Drusi, et il les payera cher, ces heures-là ! Il faut aussi que je sache si...

Il s'interrompit, passa sur son front une main nerveuse et dit entre ses dents :

— Si j'étais sûr de cela !

Son visage devenait dur et ses yeux brillaient d'une flamme menaçante.

Manon demanda :

— Quoi donc ?

— Nous en reparlerons plus tard, ma petite chérie... Calme-toi, maintenant. Adrani va venir près de toi, pendant que je m'éloignerai un moment... Puis je reviendrai aussitôt que possible.

Il la quitta et gagna son palais. A un serviteur, il ordonna d'aller prévenir Dhaula qu'il avait à lui parler.

Quand le brahme entra dans le salon où se tenait Maun-Sing, celui-ci était à demi étendu sur un divan de brocart d'or, le front soucieux.

Il enveloppa d'un regard dur le brahme qui se prosternait et demanda brusquement :

— Sais-tu où j'ai trouvé Manon ?

— Mais non, seigneur, je l'ignore.

128

— Dans le temple de Kâli, où Drusi l'avait conduite, sur ton ordre, a-t-il dit à Pundmani.

La physionomie du brahme exprima une stupéfaction qui ne semblait pas jouée.

— Dans le temple de Kâli ?... Sur mon ordre ? Seigneur, Drusi a menti impudemment !

Maun-Sing dit, avec un regard de sombre menace :

— Je l'espère pour toi.

— Que veux-tu dire, seigneur ?... Me soupçonnerais-tu d'avoir ordonné... ?

Dhaula restait calme, en protestant ainsi, calme et impénétrable. C'était en vain que le regard scrutateur du maharajah fouillait ces yeux froids, qui ne dévoilaient jamais rien des sentiments de l'âme.

Maun-Sing dit avec une colère contenue :

— Je sais que tu la détestes. Comment donc expliques-tu un tel acte, de la part de Drusi ?

— Il a agi par fanatisme... Cette femme, ayant commis un sacrilège, devait être mise à mort ou offerte pour le service de Kâli. Toi, maître tout-puissant, tu avais jugé bon de lui faire grâce. Drusi a eu l'inconcevable audace de vouloir réviser ton jugement, de punir lui-même la coupable...

— En vérité, tout cela est bien étrange !... Je vais faire rechercher ce misérable... mais je doute fort qu'on le trouve, car, naturellement, il a pris ses précautions...

Tandis que Maun-Sing parlait, son regard ne quittait pas celui du brahme. Mais rien n'y apparaissait... pas un indice qui pût corroborer les soupçons du maharajah.

Froidement, le prince congédia Dhaula... Et quand il fut seul, il songea :

« Drusi doit avoir agi sur l'ordre de cet homme, qui veut supprimer Manon de ma vie. Son zèle de fanatique ne regarde pas à un crime de plus ! En ce cas, si jamais j'en ai la certitude, malheur à lui ! Malheur à tous ceux, quelque hauts placés qu'ils soient, qui oseraient s'attaquer à ma chère Manon ! »

En quittant le maharajah, Dhaula avait été retrouver Dhava... Celui-ci demanda vivement :

— Eh bien ?

— Eh bien ! il l'a ramenée du temple de Kâli... vivante, hélas !

Dhava eut une exclamation de fureur.

— Vivante !... Et qu'a donc fait Pundmani ?... Qu'ont fait les serpents sacrés de la déesse ?

— Cette femme a été préservée. Maun-Sing devait la trouver morte ou agonisante, selon mes prévisions, car les serpents de Kâli n'aiment pas que les étrangers pénètrent dans le temple... Mais tu l'as dit un

130

jour, Dhava, il semble qu'une protection surnaturelle s'étende sur cette Française dix fois maudite !

— Ah ! j'en suis sûr maintenant !... Le fauve, le poison, les serpents... elle échappe à tout !

— Et de plus, maintenant, Maun-Sing est presque certain que Drusi n'a fait qu'exécuter mes instructions.

— Il te l'a dit ?

— Il me l'a fait comprendre, du moins... Et s'il en avait la certitude complète... eh bien ! Dhava, je serais un homme mort, certainement.

— Il ne l'aura pas. Drusi repose maintenant dans le puits insondable de la rivière souterraine, où j'ai moi-même jeté son corps, après la mort instantanée due à la piqûre que je lui ai faite, cette nuit.

— Bien... Mais ce soupçon, maintenant, ne quittera plus Maun-Sing, affaiblira sa confiance en moi.

— Tu es trop habile pour ne pas arriver à la reprendre... Mais il faut désormais laisser en paix la Française, car le jeu deviendrait trop dangereux.

Dhaula dit d'un air sombre :

— Oui... Et pourtant, quelle entrave elle est pour lui ! Comme je le sens, Dhava ! Comme je le sens ! Elle l'enchaîne, elle l'empêche de retrouver l'enthousiasme d'autrefois... Car il ne l'a plus, hélas !... Il ne l'a plus !

Dhava répéta farouchement :

— Il ne l'a plus !

Dhaula se mit à marcher de long en large à travers la pièce... L'autre brahme demanda, au bout d'un moment de silence :

— Sa Hautesse a dû condamner à mort Pundmani ?

— Je l'ignore... Mais c'est probable. Elle payera ainsi les épreuves par lesquelles a passé l'étrangère et les inquiétudes de Maun-Sing. Car il a ressenti de terribles angoisses, je l'ai vu sur sa physionomie.

— Ah ! Dhaula, quel jour néfaste fut celui où il rencontra cette femme !

Dhaula approuva de la tête... Puis il murmura avec un rire sourd :

— Et il assurait que jamais il ne se laisserait dominer par l'amour ! Nous nous en apercevons aujourd'hui, en effet !

VIII

Manon était encore fort souffrante le lendemain. Les affres de la nuit atroce, les émotions diverses qui les avaient précédées et suivies, les soucis poignants qui lui venaient de Maun-Sing, tout s'accumulait pour la briser moralement et physiquement.

Le maharajah continuait à l'entourer d'une amoureuse sollicitude. Mais la tristesse, le blâme silencieux de la jeune femme mettaient entre eux une gêne profonde. Ils ne reparlaient plus du sujet qui les divisait.

Manon avait compris qu'au point où en était Maun-Sing, il lui serait impossible de l'amener à se détourner de la voie fausse, dangereuse et criminelle dans laquelle il s'engageait. L'inquiétude, les pensées angoissantes ne la quittaient plus... Sans cesse, elle se demandait : « Comment finira tout cela ?... » Et de quelque façon que ce fût, il lui fallait se dire qu'il n'y aurait pour elle que souffrance.

Car Maun-Sing, vainqueur, maître de l'Inde fanatisée, s'enfonçait davantage dans le mensonge. Enivré par le pouvoir sans limites qui serait le sien, par l'encens et les adorations de tout un peuple, il deviendrait peut-être semblable à ces souverains orientaux d'autrefois, plongés dans les jouissances que leur permettait leur toute-puissance...

Et que serait alors Manon pour lui ?... Que serait-elle, aux yeux de tous, en dépit du lien légitime qui les unissait ?... Une favorite, simplement. Sans doute, le maharajah épouserait-il une femme de sa race, de son sang, pour perpétuer sa descendance...

A cette idée, Manon défaillait de souffrance. Puis, la révolte bouillonnait en son cœur... Ah ! cela, non, elle ne l'accepterait jamais ! Il faudrait qu'il choisît entre elle et une autre, qu'il lui donnât près de lui la situation à laquelle elle avait droit ou la laissât partir, le cœur brisé, à jamais malheureuse mais n'ayant rien cédé de sa dignité ni de son devoir. Si, au contraire, il était vaincu, d'autres angoisses se présenteraient... Car il pouvait être pris par les Anglais, et alors quel serait son sort, comme fauteur d'une révolte ?

De tous côtés, Manon ne voyait donc que tristesses et inquiétudes. Pour y ajouter encore, voici qu'elle apprenait que l'état de sa belle-sœur, très précaire depuis quelque temps, s'était aggravé subitement. La jeune princesse avait une maladie de cœur, héritée de sa mère, morte à vingt-deux ans.

Le médecin ne cachait pas au maharajah qu'il craignait une issue fatale, à bref délai. Et, de fait, quand Manon se rendit près de la malade, elle fut douloureusement frappée à la vue du terrible changement qui s'était opéré en deux jours.

Dans le mince visage blêmi, les yeux s'enfonçaient, tristes et doux, déjà voilés, semblait-il, des ombres de la mort. Calme et résignée, Ahélya accueillit Manon avec un sourire affectueux et baisa d'un air d'ardent respect la main de son frère, qui accompagnait la jeune femme.

Manon aurait voulu demeurer longuement près d'elle. Mais elle dut se rendre aux instances de Maun-Sing, qui la jugeait trop mal remise encore pour affronter tant d'émotions. Cependant, il ne put lui épargner celle qui l'atteignit le lendemain matin... Car Ahélya mourut subitement dans la nuit.

Ce fut un très vif chagrin pour Manon. Elle aimait cette jeune belle-sœur, douce et mélancolique, très affectueuse. Ici, Ahélya était la seule personne, en dehors de Maun-Sing, avec qui elle pût s'entretenir. Elle se plaisait à l'entourer de sollicitude, et elle avait déjà commencé un lent travail de transformation sur cette nature restée enfantine, qu'elle souhaitait amener à une plus juste conception de la vie, des devoirs qu'elle renferme, et enlever peu à peu à sa passivité d'Orientale élevée dans une sorte d'esclavage.

En outre, cette mort, survenant à la suite des événements précédents, impressionnait plus fortement la jeune femme dont les nerfs restaient si fortement ébranlés, depuis la nuit terrible.

Quel que fût son désir de demeurer près de la dépouille mortelle d'Ahélya, elle dut céder de nouveau à son mari et demeurer étendue chez elle, dans le silence du salon de marbre blanc, rafraîchi par l'eau qui glissait lentement, le long des canaux.

Maun-Sing vint l'y trouver... La mort de sa sœur l'avait sincèrement affecté. Venant s'ajouter aux soucis — peut-être aux remords — dont il était assailli en ce moment, ce triste événement suffisait à justifier son air préoccupé, son regard assombri par une pensée pénible et une nervosité assez inaccoutumée chez lui.

Il dîna près de sa femme, et tous deux touchèrent à peine aux mets qui leur furent servis. Une lourde tristesse pesait sur leur cœur, une gêne continuait de se glisser vers

136

eux. Vers huit heures, Maun-Sing se leva, alla fumer un cigare au-dehors, puis, avant de l'avoir terminé, revint à la chaise longue où songeait Manon.

— Je vais te dire bonsoir, ma chérie... J'ai beaucoup à faire et sans doute serai-je occupé fort tard. Donc, à demain matin.

Il se pencha pour l'embrasser... Mais elle se redressa, en posant la main sur son épaule et en attachant sur lui ses yeux pleins de souffrance.

— Maun, tu vas « là-bas » ?... Tu vas encore jouer ce rôle... ce rôle sacrilège ?

Il dit avec une sorte de violence :

— Ah ! plus un mot de cela, Manon ! Plus un mot ! Qu'il n'en soit jamais question entre nous ! Contente-toi d'être ma femme très aimée, de régner sur moi en souveraine. Mais ne t'occupe pas des actes de ma vie publique, ne te pose pas en juge de ma conscience. Il faut que cela soit bien convenu, pour nous éviter désormais à l'un et à l'autre ces moments pénibles.

— Soit ! En ce cas, voudrais-tu me dire quelle sera ma situation, si tu réussis dans tes desseins, si tu deviens le souverain tout-puissant, le maître de l'Inde ?

Elle le regardait fièrement, résolument... Il se pencha davantage et l'entoura de ses bras.

— Manon, ma bien-aimée, dis-toi bien

toujours que tout mon amour est à toi, pour jamais, et que je saurai te faire un sort magnifique !

— Il me suffira d'être considérée comme ta femme, officiellement.

Il ne répondit pas... Ses lèvres s'appuyèrent sur le front de la jeune femme ; mais celle-ci eut un mouvement de recul, en attachant sur lui ses yeux pleins de douloureuse indignation.

— Ah ! c'est donc vrai, ce que je pensais ? Et quand tu m'as épousée, tu savais déjà que tu ne pourrais jamais me donner que cette situation à côté... tu songeais déjà faire d'une autre femme ton épouse officielle...

— Manon, que t'importe ! puisque toi seule, devant ton Dieu, devant ta conscience, seras toujours ma femme légitime !

— Ah ! vraiment, que m'importe ? Tu me connais donc bien peu, Maun ?... Tu n'as pas compris ce qu'était mon amour pour toi, si fort, si dévoué, mais cependant incapable d'avoir raison de ma dignité de femme, si quelque jour celle-ci se trouve en jeu ? Eh bien ! je te le dis franchement ce soir : si tu juges nécessaire, par raison d'Etat, d'introduire une autre femme dans ta vie, il faudra choisir entre elle et moi !

— Manon, ce sont des paroles folles !...
Tu m'appartiens et je saurai bien te garder !

Elle répéta, superbe de fierté résolue,
bien que son cœur se tordit de souffrance :

— Il faudra choisir. C'est ta faute,
Maun... Pourquoi m'as-tu trompée ? Tu
devais m'exposer franchement toute la
situation, quand tu m'as demandé de devenir ta femme...

Il eut un rire sarcastique.

— Et tu aurais refusé !... Aussi m'en
suis-je bien gardé ! Je t'ai fait toutes les
concessions possibles, au risque même de
me nuire terriblement — car vois-tu l'effet
produit sur mes fidèles s'ils apprenaient que
notre union a été bénie par un prêtre
catholique ? Mais il ne faut pas me demander l'impossible.

La jeune femme eut un geste qui le
repoussait, et sa voix tremblait de douleur
tandis qu'elle disait :

— Ah ! que j'avais raison de craindre
que nos âmes fussent très loin l'une de
l'autre ! Que j'avais raison d'avoir peur du
mystère qui se cache dans la tienne, si
étrangement dirigée par ton père et ce
Dhaula !

— Mais il n'y a pas de mystère ! Il n'y a
que mon amour pour toi, Manon, pour toi
que j'ai voulu conquérir à tout prix et qui es
devenue la reine de ma vie !

Il voulut encore l'entourer de ses bras. Mais elle l'écarta d'un geste ferme.

— Tu viens de me faire trop souffrir, Maun... L'amour ne me suffit pas ; je veux pouvoir estimer celui que j'aime et avoir en lui toute confiance.

Maun-Sing se redressa, le visage tendu, les yeux étincelants de sourde colère.

— Tu abuses de ma faiblesse pour toi, Manon ! Je veux bien me souvenir que tu es souffrante et sous l'empire d'émotions pénibles. Mais je compte sur la réflexion pour t'amener à des vues plus raisonnables... Et je saurai, s'il le faut, te faire souvenir que je suis le maître.

Il s'éloigna... Sur le sol dallé, le bruit de ses pas résonna, puis se perdit dans le silence du soir.

Manon retomba sur les coussins de la chaise longue. Elle frissonnait de douleur et ses yeux se remplissaient de larmes brûlantes. Jamais il ne lui avait parlé ainsi... Jamais, non plus, une discussion ne s'était élevée entre eux.

Cela était un pas de plus dans la souffrance, dans la grande détresse où la jetait l'ambition sacrilège de Maun-Sing.

Et quelles luttes l'attendaient !... Quelle existence serait la sienne, quand, triomphant, ivre de puissance et d'adulations, il voudrait lui imposer sa volonté, l'obliger à demeurer près de lui, prisonnière dans le zénana où, sans doute, d'autres femmes viendraient partager sa captivité — car Maun-Sing, redevenant tout à fait oriental, voudrait probablement revenir aux coutumes de ses ancêtres, qui avaient un harem considérable, si l'on en jugeait par l'importance des bâtiments composant le zénana de Madapoura.

Toutes ces pensées se mêlaient dans le cerveau surexcité de la jeune femme... A demi défaillante, elle abandonnait sur les coussins sa tête lourde et douloureuse. Ses mains tremblantes se pressaient machinalement sur sa poitrine, se crispaient sur le merveilleux collier de perles, don de Maun-Sing aux premiers jours de leur amour.

Ah! qu'ils étaient loin, ces jours de bonheur!

Adrâni entra silencieusement... Manon dit d'une voix sourde :

— Je n'ai besoin de rien. Va te reposer, Adrâni... va.

L'ayah s'écarta... Mais, au lieu de se retirer, elle alla s'accroupir dans un coin de la pièce et y demeura immobile, ses yeux pleins de respectueuse tendresse attachés sur la jeune femme.

Et les heures s'écoulèrent lentement... Manon, sur la chaise longue, était secouée de frissons, de longs tressaillements. Elle priait, en essayant de calmer son angoisse. Elle pensait à la jeune morte, si touchante, étendue sur son lit d'ivoire, couverte de fleurs blanches... Pauvre petite Ahélya !... Elle aussi croyait au mensonge si bien préparé par son père et Dhaula. Elle aussi voyait en son frère Vichnou venu pour sauver l'Inde...

Et la pensée de Manon s'en allait vers le temple mystérieux, aux lourdes colonnes de pierre brute, où, en ce moment, des hommes venus de tous les points de l'Hindoustan adoraient comme une divinité le jeune prince aux yeux superbes, Maun-Sing, le séducteur et l'imposteur.

Manon retint un gémissement... Lui fallait-il donc juger ainsi celui qu'elle aimait plus que tout au monde, cet époux qui l'avait rendue heureuse, jusqu'à ces derniers temps ?

Par les portes restées ouvertes, le souffle tiède de la nuit entrait, apportant les enivrants parfums des jardins... Au-dehors, le silence n'était troublé que par des bruissements de feuilles et le doux clapotis de l'eau dans les canaux de marbre.

Quelle heure était-il ?... Manon l'ignorait et ne tenait pas à le savoir. Elle essayait de s'engourdir, de ne plus penser, pour calmer sa détresse... Tout à coup, elle se redressa... Un bruit de pas précipités se faisait entendre...

Il y eut, au-dehors, des chuchotements, une exclamation de colère et de terreur... Puis, au seuil du salon, bondirent deux silhouettes d'hommes.

Jeimal, le favori du maharajah et Anang, le fidèle serviteur, qui veillait maintenant jour et nuit autour du palais de Manon.

Leurs visages, blêmes et crispés, apparurent dans le halo de lumière que répandait la lampe allumée près de la jeune femme.

Manon s'écria d'une voix angoissée :

— Qu'y a-t-il ?

Jeimal s'approcha et s'inclina vers elle.

— Nous avons été trahis... Les Anglais ont pénétré dans le temple, au cours de la cérémonie...

Manon jeta un cri, en appuyant ses mains contre sa poitrine :

— Maun-Sing ?

— Il a pu leur échapper et il est maintenant en sûreté dans une retraite inviolable. Mais, auparavant, il m'avait donné la mission de vous prévenir, madame, et de vous dire de fuir, sous ma protection et celle d'Anang. Car les Anglais cernent de tous côtés le palais. Dans un instant, ils seront ici...

Déjà, la jeune femme était debout, galvanisée, retrouvant toute son énergie.

— Fuir ? Certes, oui ! Mais comment ?

— Il existe un passage connu des seuls initiés, qui nous permettra d'échapper à l'ennemi et de rejoindre Sa Hautesse, dans quelques jours. Mais vite, madame, vite !

En un moment, Manon s'était enveloppée d'un long manteau, avait réuni dans un sac quelques objets... Désignant les ayahs ahuries et tremblantes, elle demanda :

— Et ces pauvres femmes, ont-elles à craindre quelque chose ?

— Non, absolument rien. Vous non plus, d'ailleurs, madame. Mais Sa Hautesse veut nous épargner les ennuis qui résulteraient de cette aventure, les interrogatoires dont vous seriez l'objet... Et surtout, elle désire vous avoir près d'elle, dans cette retraite où il lui faudra demeurer cachée.

Manon embrassa avec émotion les fidèles servantes, qui sanglotaient... Puis elle suivit Jeimal et Anang, qui s'enfonçaient dans la nuit.

Ils traversèrent les jardins, puis montèrent une rampe rocheuse qui aboutissait à une potence, Jeimal ouvrit celle-ci, et tous trois s'engagèrent dans une étroite fissure, entre deux rocs énormes... Ils devaient y marcher un à un et, parfois, se glisser de côté, quand le passage devenait trop étroit... A certains moments, un roc sortait du sol, ou bien une ouverture profonde béait dans celui-ci. Jeimal semblait connaître parfaitement toutes ces embûches, dont il prévenait la jeune femme, qu'il aidait dans les passages difficiles.

Cet étrange chemin descendait en pente raide... A un moment, les fugitifs se heurtèrent à un roc qui le barrait. Mais Jeimal toucha un ressort et l'obstacle s'écarta, pour revenir à sa place après leur passage.

Tout en marchant, le jeune homme expliquait :

— Ceci a été machiné pour fournir aux souverains de Bangore un moyen de retraite, qui se transformerait en un traquenard pour les non-initiés. Seuls, dans tout l'entourage de Sa Hautesse, Dhaula, Dhava et moi en connaissons le secret.

Manon demanda machinalement, car le sort de ces deux personnages l'intéressait fort peu :

— Que sont devenus les deux brahmes ?

— Je crois que Dhaula a pu échapper... Dhava, je ne sais... Attention, madame, le chemin devient de plus en plus difficile !

Manon commençait à n'en plus pouvoir. Heureusement, le couloir s'élargissait un peu, et il lui fut possible de s'appuyer sur le bras robuste d'Anang. Le fidèle Hindou s'offrit même à la porter, en la voyant trébucher plusieurs fois. Mais elle s'y refusa, en disant qu'elle pouvait marcher encore.

Jeimal déclara :

— Dans une demi-heure environ, nous serons au but. Le plus dur est fait maintenant.

Ils arrivaient à un élargissement plus prononcé du couloir, en forme d'entonnoir. Une lune voilée y coulait sa lueur diffuse... Deux ombres se détachèrent de la muraille rocheuse et bondirent sur les arrivants...

Jeimal, atteint d'un coup de poignard au cœur, s'écroula avec un cri étouffé.

Anang, plus vigoureux, se débattit un instant contre son adversaire. Mais il n'avait pas eu le temps de sortir une arme... Lui aussi tomba à terre, frappé en pleine poitrine.

Et pendant ce temps, l'autre agresseur, débarrassé de Jeimal, se jetait sur Manon, la terrassait en dépit de sa résistance et la maintenait immobile jusqu'à ce que son compagnon, libre à son tour, vînt entourer de liens les bras de la jeune femme et lui envelopper la tête d'une étoffe sombre.

Tout cela s'était fait si rapidement que Manon n'avait pas encore pris conscience de la situation, quand les mystérieux individus l'emportèrent, à travers la nuit.

Aveuglée, à demi étouffée, elle avait presque perdu connaissance.

146

Qui l'emportait ainsi?... Où la menait-on?

Les deux hommes n'échangeaient pas un mot... Elle entendait seulement leur respiration forte et le bruit de leurs pas sur le roc.

L'effroi étreignait la femme, à mesure qu'elle comprenait mieux en quelle terrible position elle se trouvait. Qui donc s'attaquait ainsi à elle? Etaient-ce des ennemis de Maun-Sing? Ou bien encore Dhaula, lui attribuant l'échec du maharajah?... Mais le brahme devait avoir en ce moment autre chose à faire que de penser à elle.

Ce malheureux Anang, si dévoué... et Jeimal, le doux Jeimal, si ardemment attaché à Maun-Sing... Blessés... morts peut-être...

La jeune femme frissonnait d'horreur.

Les inconnus avançaient toujours... Ils marchèrent ainsi pendant un temps qui sembla infini à Manon... Puis elle se sentit déposée à terre. On lui enleva l'étoffe qui couvrait son visage et, alors, elle vit...

IX

Une salle aux murs de grès rose, dégradés, sur lesquels se jouait la lueur d'une torche tenue par l'un des hommes.

Une femme, debout devant elle, une Hindoue, enveloppée dans ses voiles, et qui attachait sur elle des yeux brillants de joie farouche...

— Sâti !

Le nom s'échappa, en un cri de stupéfaction, des lèvres tremblantes de Manon.

L'Hindoue eut un ricanement léger.

— Oui, Sâti ! Tu ne t'attendais pas à cela ?

Manon essaya de se redresser — vainement, car on ne lui avait pas délié les bras.

— Que signifie ?... Que voulez-vous de moi ?

Son regard allait vers les deux hommes : l'un maigre, au visage ridé, aux prunelles brillantes... l'autre, plus petit, jeune, mince, de traits réguliers, et qui attachait sur Manon un regard fulgurant d'admiration.

Sâti répéta :

— Ce que je veux de toi ?... Tu le sauras bientôt. Apprends seulement ceci, au cas où tu ne le saurais déjà : c'est que je te hais, de toutes les forces de mon âme.

Manon, réunissant toute son énergie, dit froidement :

— Je m'en doutais déjà. Mais je voudrais en savoir le motif.

Sâti eut un rire sourd.

— Le motif !... Tu veux me faire croire que tu l'ignores ? Eh bien ! en tout cas, tu le connaîtras demain ! Pour le moment, dors en paix, belle Manon, dors en rêvant à celui que tu aimes et qui est en ce moment entre les mains des Anglais.

Manon s'écria :

— Tu mens !... Les Anglais ne l'ont pas pris !

— Ah ! ah ! qui donc t'a si mal renseignée ? Juggut, ne dis-je pas vrai ?

Elle s'adressait au jeune homme... Celui-ci inclina affirmativement la tête, en répondant, en mauvais français :

— C'est vrai, il est pris.

Mais la jeune femme riposta :

— Je ne le crois pas ! Vous êtes des misérables menteurs... et, probablement, des traîtres.

150

Le plus âgé des Hindous éleva la voix, en s'exprimant, lui, dans le plus pur français :

— Peu lui importe ce qu'a pu devenir Maun-Sing. Son sort, à elle, est décidé. Que le maharajah soit prisonnier ou non, il ne peut rien y changer. Venez, tous deux, allons prendre quelque repos.

Sâti approuva :

— Oui, tu dis bien, Sangram... Demain, j'aurai le temps de la contempler, enfin vaincue, à ma merci, celle que Maun-Sing entourait de tant d'adulation et dont il avait fait sa toute-puissante souveraine !

Une flamme de haine traversait les yeux sombres et fit tressaillir Manon jusqu'au fond de l'être.

Juggut, qui ne quittait pas des yeux la prisonnière, demanda :

— Ne lui enlève-t-on pas ses liens ?

Sâti s'écria :

— Non, non, laissons-les attachés, ces beaux bras qu' « il » se plaisait à orner des plus précieux joyaux ! Et même, serre encore les cordes, Juggut... serre-les bien, qu'elles s'enfoncent dans sa chair ! Elles lui feront autant de bracelets !

Et un rire cruel jaillit des lèvres de l'Hindoue.

Juggut, passant la torche à Sangram, s'approcha, se penchant vers la jeune femme. Mais celle-ci sentit qu'au lieu de resserrer les liens il les relâchait.

Puis il se redressa, et, silencieusement, tous trois sortirent de la salle qui retomba dans la nuit.

Alors Manon se vit en face de sa terrible situation, et un frisson de terreur parcourut tout son corps. Elle était aux mains de Sâti... de celle qui avait voulu l'empoisonner, par haine jalouse. Donc, elle était perdue, car cette femme serait implacable. Un moment, elle se sentit défaillir sous l'étreinte de l'angoisse désespérée. Ainsi, voilà où aboutissait son beau songe de bonheur !

Et lui, Maun-Sing... lui, obligé de se cacher, ignorant l'affreux péril où se trouvait sa femme ! En si peu de temps, le malheur les frappait, de toutes parts.

Elle murmura, presque inconsciemment :

— Non, ce n'est pas possible ! Je rêve...

Mais, hélas ! ses mains attachées, le sol dur où elle se trouvait étendue, étaient bien des réalités ! Elle essaya de dégager ses poignets et y réussit sans trop de peine, grâce au relâchement des liens opéré par le jeune Hindou.

Alors elle se redressa et s'assit... Se souvenant de la nuit passée dans le temple souterrain de Kâli, elle se demandait en frissonnant si des reptiles, ou d'autres hôtes répugnants ou terribles, ne hantaient pas aussi cette salle qu'on lui donnait comme prison... Mais elle était sans défense, dans cette obscurité intense. En un élan de cette foi profonde qui ne l'abandonnait jamais, elle éleva son cœur vers le ciel, avec une ardeur éperdue :

— Mon Dieu, ayez pitié de moi... Soyez ma défense contre tous mes ennemis.

Après cette prière, l'énergie s'infusa de nouveau en son âme accoutumée au courage. Et alors, elle considéra sous toutes les faces sa situation.

D'abord, ce guet-apens, dans le défilé rocheux...

Jeimal avait dit que seuls, dans le palais, le maharajah, les deux brahmes et lui connaissaient le secret de ce passage.

Pourtant, ces inconnus attendaient là les fugitifs. Fallait-il donc imaginer encore qu'ils étaient à la solde de Dhaula, pour assouvir la vengeance de celui-ci sur l'étrangère détestée ?

Sâti était sa nièce... Ne pouvait-on raisonnablement penser qu'il y avait connivence entre eux ? Mais ces hommes, ces agresseurs, qui étaient-ils ? La physionomie du plus âgé lui rappelait quelqu'un... Où donc avait-elle vu déjà ce visage ridé, aux yeux si brillants ? Où ?

Sâti l'avait appelé Sangram... Sangram...

Ce nom, également, elle ne l'entendait pas pour la première fois... Le front sur ses mains enlacées, la jeune femme cherchait... Et, tout à coup, elle se souvint.

Elle se revit en France dans un salon de l'hôtel de Courbarols, où on l'avait introduite, tandis qu'on allait s'informer si la comtesse la recevrait. Un homme entrait, s'excusait, s'informait de ce qu'elle attendait, tout à fait comme quelqu'un de la maison. Il était vêtu à l'européenne, fort correctement. Mais Manon avait été frappée de son visage bronzé, de ses yeux noirs et perçants, qui l'avaient enveloppée d'un coup d'œil rapide et singulièrement investigateur. Cet homme, c'était celui qu'elle venait de voir là, sous un costume hindou, la dévisageant d'un air de vive satisfaction.

Quant au nom, elle l'avait entendu prononcer par Maun-Sing, lorsqu'il lui avait dit qu'il soupçonnait un ancien brahme, traître à ses frères, de l'avoir endormie autrefois, dans un dessein qu'il n'avait pu découvrir encore. Et le maharajah lui avait donné à comprendre qu'il soupçonnait cet homme d'agir pour le compte de M. de Courbarols, son ami.

Que signifiait donc tout cela ? Et comment expliquer la présence de ce San-gram ici, associé à Sâti, la pire ennemie de la jeune Française ?

154

La pensée de Manon se perdait à travers ces énigmes.

Enfin, cette fois, le complice de M. de Courbarols — en admettant que l'idée de Maun-Sing fût juste — la tenait bien et s'arrangerait de façon qu'elle ne gênât plus personne !

Elle eut un grand frisson à l'évocation du sort terrible et mystérieux qui l'attendait.

Puis elle pensa, le cœur déchiré :

« Ah ! mon pauvre Maun, c'est fini, je ne te verrai plus ! Tu m'as fait bien souffrir, en ces derniers temps. Mais je t'aime malgré tout, car si tu t'engageais dans une voie fausse, la faute en était surtout à tes éducateurs. Maintenant, c'est fini ! Je vais mourir loin de toi, mon bien-aimé. Et dans ta retraite, tu m'attendras en vain. Jeimal, Anang, sont sans doute morts... Personne ne t'avertira de ton malheur. Car je sais bien que tu souffriras, Maun. Je sais que tu m'aimes ardemment, profondément, et que si tu n'avais pas été engagé à un tel point dans la supercherie sacrilège préparée par ton père et Dhaula, je t'aurais amené à y renoncer, en te faisant entendre la voix du devoir. »

Ainsi, l'esprit occupé de ces pensées déchirantes, elle commença de voir couler lentement les heures, en tressaillant à tous les bruits légers qui passaient dans le grand silence de la nuit.

De nouveau, elle s'était étendue sur le sol. La tête appuyée sur son bras replié, elle fermait les yeux ; mais le sommeil ne venait pas et elle songeait…

Elle revoyait toute sa vie : les jours heureux chez Mlle Flore, sa tutrice, les vacances dans la petite maison de Clamanches que Mlle Flore lui avait léguée à sa mort, les promenades dans la forêt, le domaine de la Dame-Rouge… propriété des Courbarols.

Puis le grand chagrin causé par la mort de la chère tutrice, et la dure lutte pour l'existence qui avait suivi…

Enfin ces dernières années, pénibles encore pour bien des raisons, dont l'une des moindres n'était pas la sournoise hostilité de Mme Broquerel… Jamais Mme Broquerel n'avait pu admettre la présence de l'enfant trouvée par son mari. Le destin semblait s'être acharné sur cette famille : M. Broquerel était mort, sa femme l'avait suivi dans la tombe après avoir eu la douleur de voir sa fille Georgette assassinée par son propre frère, Octave. Seul, restait Achille, qui avait autrefois nourri un tendre sentiment pour Manon, mais qui s'était effacé en constatant que le cœur de celle-ci était pris par un autre amour… celui de Maun-Sing.

Elle revivait le combat qu'elle avait dû soutenir, sa victoire, ses joies, si vite empoisonnées par le soupçon de ce quelque chose que lui cachait le maharajah.

Oui, toute sa vie passait devant les yeux de la prisonnière. Et la pensée enfiévrée s'arrêtait à des points particuliers, plus longuement.

Manon se revoyait dans le salon de la villa Bargi, à Cannes, chez le jeune prince aux yeux caressants et moqueurs, dont la main fine se promenait sur le pelage de la panthère couchée près de lui.

Il s'amusait de son effroi et, par une de ces fantaisies d'autocrate dont il était coutumier, il obligeait la petite fille tremblante à poser la main sur la tête de Baïla.

Tous les détails de cette scène se représentaient aux yeux de Manon avec une singulière netteté.

Surtout la table de porphyre, sorte d'autel, où trônaient les statues de Brahma, Vichnou, Siva...

Vichnou, la statue de jade aux yeux de rubis...

Maintenant, ses orbites étaient vides. Les gemmes magnifiques ornaient les cheveux de Manon, les cheveux aux chauds reflets d'or qu'admirait tant Maun-Sing.

Des orbites vides...

Manon se souvenait d'une petite idole

toute semblable, qui se trouvait jadis dans le salon de Mme Broquerel, à Antibes... Achille lui avait raconté qu'elle avait disparu, le jour des obsèques de M. Broquerel, et qu'on n'en avait plus jamais entendu parler.

Pourquoi, ce soir, y pensait-elle, alors que si souvent, chez Maun-Sing, elle avait vu la statue, sans songer à rappeler ce souvenir demeuré très vague ?

Au milieu de ces ténèbres, elle se trouvait dans un état de demi-hallucination, et les faits les plus importants de sa vie, les angoisses terribles de l'heure présente, s'estompaient, pour laisser au premier plan ce qui la touchait moins immédiatement.

Ces souvenirs passaient devant ses yeux comme sur un écran cinématographique. Elle voyait M. de Courbarols, faussement aimable, Marcelle, sa fille née d'un premier mariage, quelque peu dédaigneuse, Hilarine, l'intendante des Courbarols, avec ses yeux froids et impénétrables, la comtesse, si bonne et si douce, enfin le petit Cyrille, fils de la comtesse et du comte.

Pourquoi Maun-Sing ne lui avait-il pas dit ce qu'il soupçonnait, au sujet de cette haine que semblait avoir vouée à l'innocente Manon le comte de Courbarols ? Y avait-il donc là quelque triste et douloureux secret, que le maharajah voulait dérober à sa femme, pour lui épargner souffrance et humiliation ?

Puis apparaissaient à nouveau sur l'écran tous les Broquerel... Et Manon frissonnait à l'évocation du terrible drame : Georgette tuée par son frère. Là encore, il y avait un mystère... Car celle que cherchait Octave Broquerel, celle qui devait mourir, c'était, de toute vraisemblance, Manon Grellier. Pourquoi ? Lui supposait-il des économies ? Ou bien n'était-il qu'un instrument ? Cela semblait l'hypothèse admise par Maun-Sing. Sans jamais vouloir s'étendre sur ce sujet, le maharajah l'avait laissé entendre à sa femme.

Dans les journaux, Manon avait pu lire le compte rendu des interrogatoires dont Octave avait été l'objet. A toutes les questions, il répondait :

— Je ne sais pas... Je ne connais pas...

Et l'examen médical avait abouti à cette constatation que le criminel ne simulait aucunement ce manque de mémoire, et qu'il se trouvait sous l'empire d'un état particulier dont on ne s'expliquait pas la nature, car il semblait étranger aux cas ordinaires d'hypnotisme et de suggestion.

En lisant cela, Maun-Sing avait eu un étrange sourire, en murmurant :

— Je sais d'où vient le coup !

Puis encore, Manon pensait à ses voi-

sines : Lucie, la jeune lingère, Jeanne Brûlier, une jeune veuve qui élevait avec beaucoup de mal ses petits enfants... Peu après
son arrivée à Madapoura elle leur avait
envoyé une grosse somme, que Maun-Sing
avait fait passer par un intermédiaire sûr,
car il ne voulait pas qu'on sût la jeune
femme en Inde. Ne pouvant donner son
adresse, Manon restait sans nouvelles, et
cela lui était devenu pénible, particulière-
ment dans ces derniers temps.

D'autres visages apparaissaient ensuite
dans la pensée demi-lucide de la jeune
femme : ceux dont elle était entourée à
Madapoura, et surtout la fine et douce
figure d'Ahélya. Pauvre petite Ahélya, qui
reposait, blanche et rigide, dans sa chambre
aux parois de marbre, parmi les fleurs
amoncelées par les soins de ses servantes...

Peu à peu, le cerveau de Manon s'en-
gourdissait dans un demi-sommeil. Mais, en
cet état même, elle souffrait et des tressaillements secouaient sans cesse son corps
brisé de fatigue.

Maintenant, une lueur d'aube s'insinuait,
par des fenêtres étroites et haut placées,
dans la salle qui servait de prison à la jeune
femme. Elle éclairait les murs de grès rose
et le sol garni d'un dallage en partie brisé.
On ne voyait autre chose, ici, qu'un débris

d'autel, décoré de figures représentant des divinités hindoues.

En face de l'endroit où était étendue Manon se trouvait l'unique porte, faite d'un bois épais.

La jeune femme eut tout à coup un léger sursaut en entendant un grincement.

Cette porte s'ouvrait, livrant passage à un homme. C'était le jeune Hindou que Sâti avait appelé Juggut.

Il vint à Manon, qui se redressait un peu, et demanda, dans son mauvais français :

— Parlez-vous anglais ?

— Oui.

— Ah ! bien... alors, j'aime mieux, parce que la langue de votre pays, je ne sais pas bien...

Et, en excellent anglais, il continua :

— Je viens remettre vos mains dans les liens, car il ne faut pas que les autres s'aperçoivent que je vous ai donné ce soulagement. Mais je ne serrerai pas fort...

Son regard, brûlant d'admiration, s'attachait au beau visage défait par la souffrance et l'insomnie.

Manon demanda :

— N'êtes-vous donc pas aussi cruel que les autres, qui m'en veulent à mort et se réjouissent de me faire souffrir ?

— Je n'ai aucun motif de vous en vouloir. Et maintenant que je vous connais, je veux vous sauver.

Manon tressaillit et ses yeux s'éclairèrent.

— Me sauver ? Vous le pourriez ?

— Oui... Mais je reviendrai plus tard. Maintenant, il faut nous méfier de Sâti. Laissez-moi vous lier de nouveau les mains... et ne vous tourmentez pas trop de ce que vous dira ma sœur.

Manon répéta d'un ton stupéfait :

— Votre sœur ? C'est Sâti ?

— Oui. Elle vous hait... Mais, moi, je vous sauverai.

Quand il eut entouré de liens les poignets de la jeune femme, en prenant soin de les serrer le moins possible, Juggut se retira, laissant Manon avec un espoir au cœur.

Ainsi, tout n'était pas perdu ! Elle pourrait encore être sauvée... Cet homme, le frère de Sâti... Il semblait bien disposé à son égard. Cependant, elle n'aimait pas sa physionomie. Les yeux, vraiment beaux, ne décelaient pas la franchise. Et Manon y avait vu, en outre, une expression qui l'inquiétait, en lui faisant penser que la pité, ou un sentiment de justice, n'étaient pour rien dans la façon d'agir du jeune Hindou.

Elle devait donc user de beaucoup de prudence en acceptant son aide... Et même, n'y avait-il pas lieu de se méfier que ses ennemis lui tendissent encore là quelque piège ?

Avec le jour, Manon retrouvait plus d'énergie. Fortifiée par une foi qui ne connaissait pas de défaillances, elle envisageait avec courage sa terrible situation et se préparait à toutes les éventualités.

Le jour, maintenant, arrivait dans la grande salle, qui devait être un ancien lieu de culte, à en juger par cet autel en ruine.

Manon, ayant songé cette nuit à remonter sa montre, pouvait suivre la marche des heures.

Elle songeait, non sans frissonner :

« Ils veulent me faire mourir, sans doute. Mais comment ? Et Maun qui m'attend, qui doit s'étonner, s'inquiéter déjà... »

Vers neuf heures, la porte s'ouvrit de nouveau et Sâti entra. Elle était pâle, avec des yeux pleins de fièvre, qui tout aussitôt s'attachèrent sur Manon avec une expression de joie féroce.

En quelques pas souples, l'Hindoue s'approcha de la jeune femme, et sa voix s'éleva, mordante et dure :

— Eh bien ! belle Française, as-tu bien dormi sur ce lit de repos qui ne rappelle guère les coussins moelleux du palais de Sa Hautesse ?

Manon dit dédaigneusement :

— N'insulte pas qui ne peut se défendre, car c'est faire œuvre de lâche.

Sâti ricana :

— Peu importe ! Te crier ma haine, me rire de ta souffrance, voilà mon plaisir. Et j'en jouirai... Oh ! j'en jouirai, tu verras !

— Eh bien ! cela me prouvera qu'il n'y a rien de bon en toi et que tu cèdes comme un être sans raison à toutes tes mauvaises passions.

Le calme de Manon, la pure lumière des yeux superbes, parurent exaspérer l'Hindoue.

— Oui, j'y cède... oui ! Ah ! si tu pouvais voir toute la haine que j'ai dans le cœur ! Depuis des mois, depuis que tu as commencé de venir près de la princesse, et qu'il t'a vue... Auparavant, il ne se souciait pas de moi : mais je savais du moins qu'il n'aimait personne. Tandis que toi... ah ! j'ai compris bien vite que tu ne serais pas seulement le caprice qu'on dédaigne au bout d'un peu de temps !... Alors, t'imagines-tu ce que j'ai souffert, en le voyant, lui, mon seigneur, ma divinité, lui que j'adorais en silence, de toutes les forces de mon être, te prodiguer son amour, te rendre heureuse... si heureuse !

Ses traits se convulsaient. Penchée vers Manon, elle haletait de haine.

— Aussi ai-je juré que je te ferais payer

164

cher ce bonheur, et la torture que tu m'infligeais ! Déjà, j'ai essayé... J'ai voulu t'empoisonner... Mais quand j'ai vu que lui allait boire ce qui était préparé pour toi, je n'ai pas pu... et je me suis trahie... Alors, il a fallu fuir, avec la complicité de Dhava et de Dhaula, qui m'avaient encouragée à te verser le poison...

Manon eut un brusque mouvement.

— Ah ! j'avais donc bien deviné ! Ces deux hommes voulaient ma mort ?

— Oui, parce que l'amour de Maun-Sing pour toi leur paraissait une entrave mise à la volonté de Sa Hautesse... Ah ! dans ce paradis de Madapoura, tu avais des ennemis terribles... des ennemis implacables ! Dhaula a échoué... Mais, moi, je suis arrivée à mes fins.

« Et je te tiens, Manon... je te tiens en mon pouvoir ! Un autre, qui a intérêt à ta mort, te fera disparaître de ce monde. Mais, auparavant, je me donnerai le plaisir de défigurer ce visage qui a reçu les baisers de Maun-Sing et de rendre horribles à voir ces yeux qui l'ont ensorcelé. Oui, tu sauras ce que vaut la vengeance de Sâti, Française maudite !

Les traits si beaux de la jeune Hindoue n'étaient plus reconnaissables. Manon eut un frisson devant cette hideuse furie. Mais elle se raidit pour rester impassible, et dit avec calme :

— Je n'ai jamais cherché qu'à te faire du bien. Pourquoi me haïr ainsi ? Maun-Sing m'a aimée, sans que j'aie fait un geste pour attirer son attention. Cela, tu peux le savoir comme moi, puisque tu étais présente quand il venait chez sa sœur, pendant les leçons de broderie que je donnais à Ahélya.

Sâti eut un rire aigu.

— Que m'importe ! Il t'a aimée, cela me suffit. Tu es pour moi l'ennemie, haïe à mort.

A ce moment, au seuil de la porte que la jeune fille avait laissée entrouverte, surgit la maigre silhouette de Sangram.

L'ancien brahme dit d'un ton bref :

— Retire-toi, Sâti, j'ai à parler à cette femme.

L'Hindoue eut un geste d'impatience, un froncement de ses sourcils sombres... Mais elle obéit cependant et se retira en jetant vers Manon un regard de tigresse.

Sangram s'approcha. Ses yeux perçants et durs s'attachaient au visage pâli, mais fier, de la jeune femme.

Sa voix sèche prononça :

— Je viens t'offrir une chance de vivre.

Manon tressaillit. Quoi ! celui-là aussi ? Mais de quel prix prétendait-il lui faire payer sa vie ?

Elle demanda :

— Que voulez-vous dire ?

— Ceci : que je te permettrai de vivre si tu me fais connaître le lieu où se trouve le trésor de Maun-Sing, et si tu jures, ensuite, de n'avoir jamais de rapports, écrits ou autres, avec une personne que je te désignerai ultérieurement.

— Le lieu où se trouve le trésor de Maun-Sing ? Tout d'abord, si je le connaissais, je me garderais de vous l'indiquer... Mais je suis beaucoup plus à l'aise, car je l'ignore absolument.

Sangram eut un brusque mouvement de colère.

— Veux-tu me faire accroire que toi, une femme, par conséquent la curiosité incarnée, tu n'as pas profité de ton pouvoir sur l'homme qui t'aimait pour lui arracher ce secret ?

— Que vous le croyiez ou non, cela est et je ne puis vous dire autre chose. Ce secret m'importait peu. Si Maun-Sing ne jugeait pas utile de me le confier, je n'avais aucune raison de chercher à le connaître.

Sangram eut un tressaillement de fureur.

Longuement, ses yeux plongèrent dans ceux de la jeune femme et, sous leur lueur cruelle, Manon frissonna.

— Tu mens ! Le maharajah ne pouvait avoir de secrets pour toi.

« Je te le répète, c'est ta dernière chance de vie. Ou tu m'apprendras en quel lieu Maun-Sing cache son trésor... ou tu mourras, après que je t'aurai livrée aux mains de Sâti, qui veut sa vengeance de femme jalouse.

— Je n'ai pas d'autre réponse à vous faire : j'ignore où se trouve ce trésor et, le saurais-je, que je n'accepterais pas de vous le dire.

— Bien. Tu réfléchiras jusqu'à demain et, si tu n'as pas changé d'avis, la sentence de mort s'accomplira.

Il allait tourner les talons. Mais Manon l'interpella :

— Voudriez-vous me dire comment je vous trouve ici, acharné après moi, vous, l'ami du comte de Courbarols ? Et quelle est la raison de cette haine que lui et vous semblez me porter ?

L'Hindou tressaillit légèrement.

Puis un sourire mauvais entrouvrit ses lèvres minces.

— Ah ! tu m'as reconnu ? Peu m'importe, du reste ! Tu es à ma merci, cette fois, et tu ne m'échapperas plus. Souviens-toi du crime qui fut commis dans ta chambre, à Paris, il y a quelques mois. Un frère tua sa sœur ; par erreur, car c'était toi qu'il devait faire disparaître de ce monde. Cet homme n'était qu'un instrument. Le cerveau qui le dirigeait, c'était moi.

Manon répéta d'un ton d'horreur :

— C'était vous ! Ah ! Maun-Sing le soupçonnait bien !

Sangram ricana :

— Oui, je me doutais que Sa Hautesse était sur le chemin de la vérité. Aussi fallait-il absolument que je vous sépare l'un de l'autre et que je te rende impuissante à nous nuire.

— Mais qu'avez-vous donc contre moi ? Qu'a donc M. de Courbarols dont j'ai plus d'une fois senti autour de moi la sourde malveillance ?

— Personnellement je n'ai aucun motif de t'en vouloir. Lui, c'est autre chose... Tu le gênes, tu entraves ses projets. Voilà tout ce que je puis te dire. Pour le reste, imagine ce que tu voudras. Ce dont il t'importe d'être bien persuadée, c'est que tu es condamnée à mort par lui, par moi, et, pour d'autres motifs, par Sâti. Tu ne peux être sauvée qu'en me livrant le secret du trésor. Pour ce prix-là, je musèlerai la colère de cette femme et je te soustrairai à sa vengeance. Réfléchis. Ce soir, je viendrai connaître ta réponse.

Il s'éloigna et la porte retomba lourdement derrière lui.

Manon se retrouvait seule, en face de ses

pensées torturantes. Elle connaissait maintenant le sort qui l'attendait. Sâti assouvirait sur elle sa haine implacable, en la défigurant avec délices. Après quoi, on la mettrait à mort.

Et Maun-Sing demeurerait à jamais ignorant du destin de sa femme...

A moins que, par un raffinement de cruauté, les bourreaux ne lui en fissent connaître tous les détails. Frissonnante d'horreur, la jeune femme restait immobile, les yeux dilatés par l'affreuse angoisse. Rien, humainement, ne pouvait la sauver de ce sort terrible.

La salle où elle se trouvait n'avait qu'une seule porte, celle par laquelle entraient ses geôliers... Et les fenêtres étroites étaient placées à une grande hauteur.

Le frère de Sâli, il est vrai, lui avait laissé entendre qu'il la sauverait... Mais elle n'osait faire fond sur lui. Et d'ailleurs, que pourrait-il avec les deux autres, acharnés contre elle et qui devaient surveiller de près leur prisonnière ?

Cependant, s'il venait, elle tâterait le terrain de ce côté. Peut-être serait-il sensible à l'attrait d'une fortune ? Elle la lui offrirait, bien certaine que Maun-Sing serait trop heureux de ratifier les engagements pris par elle.

170

Deux heures passèrent, lentes, interminables.

Manon, courbatue, s'était étendue sur les dalles brisées. Elle n'entendait aucun bruit et se demandait en quel désert, en quelle solitude ses ennemis l'avaient conduite.

Mais voici que, de nouveau, la porte s'ouvrait... Juggut entra, portant une petite corbeille... Il s'approcha et dit à la prisonnière :

— Je vous apporte à manger.

Il posa près d'elle la corbeille, qui contenait des sortes de galettes et une petite jarre de terre pleine d'eau. Puis il lui délia les mains.

— Voilà !... Voulez-vous vous mettre debout, pour faire quelques pas, car vous devez être engourdie ?

La jeune femme se leva, avec l'aide de l'Hindou. Un moment, elle chancela sur ses jambes fatiguées par l'immobilité. Juggut la soutint, et elle rencontra son regard où s'allumait une lueur de violente passion.

Elle frémit et s'écarta d'un mouvement hautain.

Juggut dit d'un ton ardent :

— Pourquoi vous éloignez-vous ? Je vous admire... je pense qu'il n'existe au monde rien de plus beau que vous ! Vos yeux sont plus étincelants que toutes les étoiles du ciel, vos cheveux...

171

Elle dit froidement, en réprimant son secret effroi :

— L'heure n'est pas aux compliments... D'ailleurs, je n'en ai jamais écouté de personne.

L'Hindou ricana :

— Sauf ceux de Maun-Sing ? Mais, ceux-là, vous ne les entendrez plus.

Le cœur de Manon se serra. En essayant de maîtriser le tremblement de sa voix, elle demanda :

— Que voulez-vous dire ? Ce matin, vous avez parlé de me sauver. N'y êtes-vous plus disposé ?

— Toujours. Mais ce n'est pas pour vous rendre à Maun-Sing. Ah ! non, non ! Je vous enlèverai à la vengeance de Sangram et de ma sœur, je vous emmènerai loin d'ici, mais vous m'appartiendrez !

La jeune femme recula encore, en étendant les mains dans un geste de protestation indignée.

— Ah ! c'est cela que vous voulez ? Jamais, jamais ! Plutôt la mort !... Plutôt dix fois la mort !

Une flamme de colère passa dans le regard de l'Hindou.

— Dix fois la mort ? C'est bien, en effet, ce que vous trouverez entre les mains de Sâti... Elle assouvira sur vous sa haine, avec délices... Et Sangram la laissera faire... et

172

moi je ne dirai rien, car si vous refusez le salut que je vous offre, je me désintéresse de vous.

Elle dit fièrement :

— Le salut, de cette manière, je n'en veux pas... Avec l'aide de Dieu, je serai courageuse devant la mort.

Juggut eut un rire de sarcasme.

— Vous voulez rester fidèle à Sa Hautesse ? Ah ! lui ne fera pas tant d'histoires !... Sa belle Française disparue, il prendra une autre favorite...

Elle jeta, dans un élan de fière protestation :

— Je suis sa femme !

Juggut, stupéfait, balbutia :

— Sa femme ?... Que dites-vous là ?

— Oui, notre mariage a été béni par le prêtre de ma religion.

Juggut eut un sourd éclat de rire.

— Ah ! par exemple !... Le dieu Vichnou faisant bénir son union par un prêtre catholique ! Voilà qui est le comble de tout !

Manon pensa :

« Il a raison. Cela était inouï, de la part de Maun-Sing, étant donné surtout le dessein qu'il poursuivait, par ailleurs, et auquel un tel acte, s'il avait été connu, aurait pu faire le plus grand tort... Comme il fallait qu'il m'aimât, mon cher Maun, et que j'aie su lui inspirer d'estime, de respect, pour qu'il en vînt là ! »

Une pensée semblable traversait sans doute l'esprit de Juggut, car son regard devenait sombre et mauvais, tandis qu'il murmurait d'un ton railleur :

— Ah ! ah ! vous faisiez sans doute de lui ce que vous vouliez ? Cela ne me surprend pas. Vous êtes de celles qui transforment tous les hommes en esclaves. Voilà aussi ce que je serai pour vous... Si je ne suis pas riche et puissant comme le maharajah de Bangore, je saurai trouver néanmoins les moyens de vous entourer du luxe qui convient à votre beauté. Je...

Elle l'interrompit d'un geste énergique.

— Taisez-vous ! Puisque je suis prisonnière de vos complices, puisque je vais mourir, épargnez-moi au moins vos offres insultantes.

La face de Juggut se convulsa... Il se rapprocha, les yeux lourds de menace.

— Vous choisissez de mourir ?... d'être torturée par Sâti ?

— Oui, oui, tout ! Et pour vous, je n'ai que du mépris !... Rien que du mépris !

Elle lui jeta ces mots au visage, avec énergie.

L'Hindou recula de trois pas... Dans ses yeux luisait une fureur bestiale, qui fit frissonner Manon.

174

— Ah ! vous osez me braver ? Je vous montrerai que Juggut ne s'avoue pas aussi vite vaincu ! Je vous enlèverai à Sangram et à Sâti, malgré vous, et vous serez à moi, que vous le vouliez ou non. Quant à votre beau maharajah, s'il échappe à la justice anglaise, je le chercherai, et je me charge de vous faire veuve, soyez sans crainte !

Il ricana, en voyant le tressaillement d'horreur qui agitait Manon.

La jeune femme dit avec indignation :

— Misérable !

Il leva les épaules.

— Des mots !... Vous finirez par m'aimer, un jour.

Elle dédaigna de répliquer... Son regard méprisant se détourna de celui du jeune Hindou... Celui-ci ricana de nouveau :

— A bientôt, belle Française ! Ne craignez rien, j'empêcherai que ce merveilleux visage soit détérioré par ma haineuse sœur, car il m'est aussi cher qu'à vous-même.

Il sortit et Manon se trouva enfin seule.

X

Quelles heures lourdes, terribles s'écoulèrent ensuite !

C'était, pour la jeune femme, une véritable agonie, supportée avec courage, en priant, en pensant à tous ceux qui l'avaient aimée.

A lui surtout, Maun-Sing, l'époux si cher, qui, peut-être, tomberait comme elle entre les mains de ses ennemis. Elle ne songeait pas à incriminer celui qui l'avait entraînée dans cette aventure. Non, en ces moments où elle voyait approcher une mort terrible, elle oubliait tout, en se conservant que sa profonde et indulgente tendresse pour l'homme auquel l'unissaient les liens sacrés du mariage.

Vers le soir, à l'approche du crépuscule, Sangram apparut.

Il fit quelques pas vers la jeune femme en demandant :

— Eh bien ! as-tu réfléchi ?... M'indique-ras-tu l'emplacement du trésor ?

— Je n'ai pas d'autre réponse à te faire que celle-ci : je l'ignore absolument.

— C'est bien. Alors, tu mourras... Demain sera ton dernier jour. Prépare-toi donc.

Elle dit avec calme :

— Je suis prête.

Sangram l'enveloppa d'un regard où se mélangeaient la colère et une sorte d'admiration. Entre ses dents, il murmura :

« Thibaut aurait trouvé en elle un fameux adversaire !... Il me devra une belle chandelle pour avoir réussi à l'en débarrasser ! »

L'Hindou sortit et Manon se retrouva seule.

La nuit vint... Des heures passèrent encore, plus terribles dans cette obscurité... Des bruits légers, des frôlements d'insectes traversaient le silence... Manon, étendue sur les dalles, frissonnait d'angoisse... De temps à autre, des hallucinations se présentaient à son cerveau las... Puis elles s'éloignaient et une torpeur envahissait la jeune femme...

Elle sursauta tout à coup... Il lui semblait qu'un pas glissait sur les dalles... Ses yeux, habitués à l'obscurité, distinguèrent une forme humaine qui s'avançait vers elle.

Une angoisse horrible la serra à la

178

gorge... Juggut... ce devait être Juggut... Il venait pour la contraindre de céder à sa passion. Comment allait-elle se défendre, seule contre lui ?

Elle se mit debout, d'un bond, en dépit de l'engourdissement de ses membres, prête à lutter jusqu'à la mort.

Une voix chuchota :

— C'est moi, Anang, madame... Je viens vous sauver.

Elle répéta, stupéfaite :

— Anang !

— Oui, madame. Ces misérables ne m'ont pas tué... J'ai été sauvé par le vieux fakir Gruba... Mais je vous dirai tout cela plus tard. Maintenant, il faut fuir d'ici.

— Comment ?... Par où es-tu venu ?

— Par un passage secret que connaît Gruba. Venez, madame, vous allez voir.

Elle suivit l'Hindou jusqu'au mur de la salle... Anang frotta une allumette, et Manon vit, dans ce mur, une ouverture béante, formée par le déplacement d'une large pierre sculptée.

— Nous allons passer par ici. Après quoi, tout se refermera, et vos ennemis ne sauront pas ce que vous êtes devenue.

— Ils connaissent peut-être ce passage ?

— Non, Gruba seul en détient le secret. Soyez sans crainte, madame, dès maintenant, vous êtes sauvée.

L'allumette s'était éteinte, l'obscurité de nouveau, dérobait à la vue de Manon l'ouverture secrète.

L'Hindou demanda :

— Veuillez me donner la main, madame... Je vais vous aider à franchir cette entrée. Puis, une fois la pierre refermée, je ferai de la lumière.

Elle obéit et se laissa conduire dans les ténèbres. Il y eut derrière elle un léger bruit de déclic... Alors, l'Hindou frotta une allumette et s'en servit pour éclairer une petite lanterne qu'il tenait à la main.

Manon dit avec émotion :

— Mon bon Anang, jamais je n'oublierai ce que tu viens de faire là ! Dans quelques heures, j'allais subir une mort horrible.

Anang s'inclina respectueusement, en répliquant :

— Vous m'avez sauvé naguère du châtiment que voulait m'infliger Sa Hautesse, madame. Depuis lors, je ne suis plus que votre esclave, dévoué jusqu'à la mort, et, pour vous, je passerais à travers tous les dangers.

— Mais comment as-tu découvert que j'étais ici ?

— Ce n'est pas moi, c'est Gruba... Il vous a vue dans le temple et me l'a révélé.

— Il m'a vue ?

— Oui, il voit ce qui se passe très loin et

les murs ne le gênent pas plus qu'autre chose. C'est ainsi qu'il est venu me secourir, là où ces misérables m'avaient laissé pour mort. Il m'a emmené chez lui et m'a soigné si bien que je me suis trouvé bientôt assez fort pour essayer d'aller à votre recherche. Alors il m'a dit : « Je vais t'apprendre où elle est. »

« Puis il s'est couché, a fermé les yeux et, au bout d'un moment, il m'a déclaré : « La jeune femme étrangère est enfermée dans le temple ruiné de Gadavor... Non loin de là, dans une dépendance, veillent ses ravisseurs : Sangram, l'ancien brahme, le traître qui a vendu aux Anglais le secret des desseins de Maun-Sing... puis le neveu et la nièce de Dhaula. Ils vont la faire mourir... Si tu veux la sauver, il sera temps, cette nuit. »

Tout en parlant, Anang avançait dans un couloir assez large, près de Manon qui l'écoutait avec un ardent attention.

Il s'interrompit un instant pour aider la jeune femme à descendre quelques marches... Puis il continua :

— Gruba se redressa alors, me regarda et dit : « Je t'aiderai à la sauver. »

« Donc, à la nuit, il est venu me montrer ce passage, m'a fait voir comment se manœuvrait l'ouverture... Maintenant, il nous attend à la sortie pour nous conduire dans sa demeure, où vous serez bien accueillie, madame, car il est un fanatique partisan de Sa Hautesse.

Manon demanda :

— Mais ne risquons-nous pas d'être poursuivis et rejoints par Sangram et ses complices, dès qu'ils s'apercevront de ma disparition ?

— Il est peu probable qu'ils s'en aperçoivent avant le matin.

« En tout cas, j'ai des armes, pour vous et pour moi. Nous nous défendrons, cette fois. Maintenant, attention, je vous prie, madame. Le chemin devient plus difficile.

Des infiltrations avaient détrempé le sol, devenu glissant de ce fait. Les parois, jusqu'alors en maçonnerie, n'étaient plus que du roc brut, le long duquel l'eau suintait... Anang expliqua :

— Nous approchons de la sortie. C'est alors qu'il faudra éteindre la lumière et ne plus parler.

Quelques instants après, Manon sentait, en effet, l'air du dehors qui arrivait en chaudes bouffées... Puis Anang souffla la lanterne et prit la main de la jeune femme en disant :

— Laissez-vous conduire, madame.

Ils furent bientôt hors du passage, en plein air... Alors, dans l'obscurité, il y eut un frôlement léger, quelques mots chuchotés par Anang... Quelqu'un, forme indistincte en ces ténèbres, apparaissait près du serviteur.

Manon pensa :

« C'est le fakir. »

L'ombre se mit en marche, précédant la jeune femme et Anang... Entrevoyant des silhouettes d'arbres, Manon jugea qu'ils devaient se trouver dans une forêt. Elle se laissait conduire, tout étourdie de ce changement subit dans sa situation et n'osant presque y croire... Près d'elle marchait Anang, attentif à la soutenir lorsqu'elle butait contre quelque obstacle, sur le chemin étroit et raviné.

Manon s'informa à mi-voix :

— Est-ce le fakir ?

— Oui, madame, c'est Gruba. Il nous conduit à sa demeure.

Au bout d'un quart d'heure, l'ombre, qui marchait à quelques mètres en avant de la jeune femme et du serviteur, s'arrêta brusquement... Il y eut un échange de monosyllabes entre les deux hommes... Puis Anang dit à Manon :

— Veuillez me donner la main, madame... Moi-même, je tiens celle de Gruba, qui va nous faire entrer en son logis.

Manon mit sa main dans celle de l'Hindou... Le fakir se remit en marche, entraînant ses compagnons... Des feuillages frôlèrent le visage de la jeune femme. On descendait une pente... l'atmosphère devenait fraîche comme celle d'une cave. Evidemment, on ne se trouvait plus au-dehors, mais sans doute dans quelque retraite souterraine.

La nuit profonde continuait... Comment Gruba pouvait-il se conduire dans une telle obscurité ?

Une lueur vague apparut enfin, augmentant peu à peu... Elle permettait à la jeune femme de distinguer les parois rocheuses du couloir étroit dans lequel elle se trouvait engagée et la forme maigre du fakir précédant Anang, dont il tenait la main pour le conduire.

Puis, soudainement, Manon se vit au seuil d'une salle bizarrement éclairée... Il semblait qu'une lueur phosphorescente s'échappait des murs, taillés dans le roc...

Le fakir lâcha la main d'Anang et se tourna vers la jeune femme. Elle vit alors son visage jauni, ridé, où les yeux brillaient d'un vif éclat.

Gruba dit en un anglais à peu près correct :

— Vous êtes ici en sûreté, étrangère. Vos ennemis ne viendront pas vous y chercher.

Elle s'avança en, répliquant avec émotion :

184

— Soyez mille fois remercié !... Vous m'avez sauvée d'un sort terrible.

— Je l'ai fait pour Maun-Sing, mon seigneur. Anang m'a dit que vous lui étiez chère et qu'il lui serait agréable que je vous sauve... Cela m'était facile. Je connais tous les passages secrets et j'ai le privilège d'apercevoir ce qui se passe au loin. C'est ainsi que je vous ai vue attaquée par ces hommes : Sangram, ce traître, dix fois maudit, et Juggut, le neveu de Dhaula. Aussitôt, je suis parti, j'ai secouru Anang, qui seul vivait, et l'ai amené ici. Puis, de nouveau, je me suis mis sous l'influence du divin Siva, et je vous ai aperçue, prisonnière dans ce temple, menacée par Sangram et ses complices. Alors, à la nuit, j'ai envoyé Anang pour vous délivrer.

Manon dit avec élan :

— Combien je vous remercie encore ! Et quelle reconnaissance vous en aura le maharajah ! Mais où est-il, lui ?... Le savez-vous ?

— En sûreté aussi.

— Ne pouvez-vous me conduire à lui ?

— S'il me l'ordonne, oui. Tout à l'heure, je vais me rendre au lieu de sa retraite pour l'informer de ce qui vient de se passer. Et j'agirai alors selon sa volonté. Mais peut-être serait-il imprudent que vous alliez le rejoindre... Moi, je puis passer partout, me dissimuler, démasquer les ennemis qui guettent Sa Hautesse. Avec vous, nous risquerions d'être épiés et de faire découvrir la retraite de Maun-Sing.

— Oh ! tout, pour éviter cela ! Dites bien au maharajah qu'il ne se hasarde à aucune imprudence, à cause de moi !... J'attendrai ce qu'il faudra, je suis prête à tout, pourvu qu'il échappe au danger.

— Je le lui dirai. N'avez-vous pas d'autres communications à lui faire ?

— Voulez-vous lui porter un mot de ma part ?

— Ce que vous voudrez.

La jeune femme prit dans sa poche un calepin, en déchira une feuille et écrivit :

« Je suis sauvée, cher Maun, après de terribles péripéties dont te fera part le bon fakir Gruba qui te remettra ceci. Sois rassuré pour moi maintenant et attends avec patience le moment où nous pourrons, sans risques, être réunis... Oui, mon bien-aimé, sois patient, pour ne pas faire le jeu de tes ennemis. Je prie pour toi, Maun, mon cher mari, plus cher que jamais dans l'épreuve, et je t'envoie mes plus tendres baisers.

« Ta MANON. »

Le papier plié, Manon le remit au fakir... Celui-ci déclara :

186

— Sa Hautesse l'aura dans quelques heures... Maintenant, reposez-vous. Voici tout ce que je puis vous offrir, comme lit.

Il désignait un paquet d'herbes sèches, dans un coin de la salle.

— Plus tard, Anang vous apportera quelque nourriture... A bientôt.

Les deux hommes sortirent, après qu'Anang eut respectueusement salué la jeune femme, et celle-ci, épuisée de fatigue, se laissa tomber sur la couche primitive où elle s'endormit aussitôt profondément.

XI

Dans la nuit, parmi les décombres du temple, un cri avait retenti :

— Sangram, la Française n'est plus là !

L'ancien brahme bondit sur ses pieds, avec une exclamation :

— Que dis-tu ?

Devant lui se dressait Juggut, tenant à la main une torche qui éclairait son visage blêmi.

— Elle n'est plus là !... Poussé par je ne sais quel pressentiment, j'avais voulu m'assurer de sa présence... Et en entrant dans la salle, j'ai trouvé celle-ci vide... vide, entends-tu ?

Un cri de rage retentit dans la nuit.

Sâti, couchée un peu plus loin, s'avançait, le visage convulsé par la terreur.

— Ce n'est pas possible ! Tu as rêvé, Juggut... ou bien c'est toi qui lui as ouvert la porte !

Les yeux scrutateurs de Sangram s'attachèrent sur la physionomie du jeune homme.

— Oui, qui sait !... Elle te plaisait, je l'ai vu à la façon dont tu la regardais. Pourquoi as-tu pénétré dans le temple à cette heure ?... Ne serait-ce pas pour la mettre en sûreté, afin d'aller la retrouver ensuite, quand nous l'aurions cherchée en vain ?

Juggut leva les épaules, sans détourner des yeux de Sangram son regard faux.

— Tu me crois donc aussi maladroit que cela ? Si j'avais eu l'idée que tu me prêtes, crois bien que je me serais enfui avec la Française, tout simplement, et qu'il ne me serait pas venu à l'idée de jouer une comédie que je savais à l'avance très inutile, près d'un homme intelligent tel que toi. Non, je ne suis pour rien dans sa disparition, je vous l'affirme !... Elle n'en est que plus incompréhensible... Car la porte était solidement close et il n'existe pas d'autre issue.

Sâti arracha la torche des mains de son frère et s'élança vers l'entrée du temple, située à quelques pas du petit édifice en ruine où l'ancien brahme et ses compagnons s'étaient installés pour la nuit.

Sangram et Juggut la suivirent et entrèrent derrière elle dans la vaste salle.

La jeune Hindoue, élevant la torche, puis l'abaissant, promenait la lumière sur les murs, sur le sol.

190

Près d'elle, Sangram et Juggut cherchaient un indice qui pût les renseigner sur la manière dont s'était effectuée cette mystérieuse disparition.

Mais ils ne trouvaient rien.

Sangram déclara :

— Il existe certainement une issue secrète…Quelqu'un est venu pour la sauver… Mais comment a-t-on pu découvrir sa présence ici ?

Juggut dit entre ses dents :

— Oui, comment ?… Comment ?

Sâti, fiévreusement, continuait ses recherches… De nouveau, les deux hommes se joignirent à elle… Ils frappèrent les dalles du sol, les murs, vainement… Et Sangram dit enfin :

— Nous perdons notre temps, ici… Les passages secrets des temples sont généralement inviolables pour les non-initiés. Pendant ce temps, la Française gagne du terrain et nous échappe de plus en plus.

Sâti s'écria :

— Eh bien ! allons à sa poursuite !

Elle s'élançait déjà… Sangram la retint brusquement.

— Du calme ! Ton frère et toi, vous ne connaissez pas la forêt, dont, tout au contraire, les sentiers me sont familiers, car j'ai passé dans ces parages une partie de ma jeunesse. Donc, prenez garde de ne pas vous séparer de moi... Et ayez l'œil au guet, car des ennemis nous surveillent, certainement.

Juggut fit observer :

— Mais quelle direction vas-tu prendre ?... Tu ignores de quel côté s'est échappée l'étrangère.

— Oui, malheureusement ! Aussi dois-je aller au hasard. Oh ! nous n'avons guère de chances de la retrouver, je ne vous le cache pas ! Mais enfin, peut-être découvrirons-nous un indice... En tout cas, il faut sortir d'ici. Donc, en route.

Et, entre ses dents, il murmura :

« Tu m'échappes une fois de plus, créature maudite ! Mais je finirai bien par t'avoir et par t'écarter définitivement de notre chemin ! »

Quelques instants plus tard, l'ancien brahme et ses compagnons s'engageaient dans un sentier de la forêt.

Juggut marchait devant, tenant la torche qui les éclairait, dans cette nuit profonde... Des lueurs se projetaient au passage, sur le sous-bois où les lianes et les plantes grimpantes s'emmêlaient aux bambous, aux plantains, à toute la vigoureuse végétation de cette forêt... Réveillé par la clarté errante, un singe bondissait entre les branches des arbres au tronc énorme, un daim s'élançait en travers du chemin et disparaissait dans la nuit.

Les trois Hindous marchèrent ainsi longtemps, l'oreille tendue, scrutant l'obscurité autour d'eux.

Comme l'avait dit Sangram, ils gardaient peu d'espoir de retrouver la fugitive, que ses mystérieux sauveurs avaient dû mettre aussitôt à l'abri... Néanmoins, le hasard pouvait les jeter sur la piste, et tous trois, fébrilement, guettaient, pendant leur marche nocturne.

A l'aube, ils s'arrêtèrent dans une clairière, pour prendre un peu de repos.

Sâti portait dans un sac quelques provisions... Ils mangèrent en silence, soucieux et sombres.

Au bout d'une demi-heure, Sangram se leva.

— Allons, il est temps de partir...

Il s'interrompit tout à coup.

Quelqu'un apparaissait dans la clairière, sortant d'un sentier qui descendait en pente abrupte.

C'était un homme d'une maigreur squelettique, au visage ridé, jauni, aux yeux noirs brillants :

Sangram eut une exclamation sourde :

— Gruba !

Le fakir s'avança... Son regard s'attachait

avec force sur le visage contracté de l'ancien brahme.

— Oui, c'est moi. Voici longtemps que nous ne nous sommes pas vus, Sangram.

L'autre bégaya :

— Très longtemps... oui...

— Depuis lors, tu as poursuivi la série de tes trahisons... C'est grâce à toi que les Anglais ont connu les desseins de Maun-Sing...

— Que dis-tu ?... Quels desseins ?

— N'essaie pas de me tromper !... Une fois de plus, tu as livré des frères. Et, non content de ce beau fait, tu t'apprêtais à massacrer une jeune femme innocente, après avoir tué Jeimal, le favori de Sa Hautesse, et blessé l'un de ses fidèles serviteurs.

Sangram balbutia :

— Comment sais-tu ?...

— Je sais, cela suffit. La jeune femme et le serviteur sont sauvés... Quant à toi et à tes complices...

Brusquement, Sangram se recula, en jetant une exclamation... Saisissant le bras de Sâti, il s'enfuit, entraînant la jeune fille.

Juggut avait fait un mouvement pour le suivre... Mais le fakir l'agrippa à l'épaule, d'une étreinte si puissante que l'autre chancela.

Gruba prononça d'une voix profonde :

— Reste, je le veux.

Juggut fit un mouvement pour saisir son poignard... Mais le geste ne s'acheva pas...

Gruba rivait sur ses yeux des prunelles étrangement brillantes, et le jeune homme, fasciné, restait immobile, le regard fixe.

Le fakir ordonna :

— Viens.

Docilement, Juggut lui emboîta le pas... Et, sans se détourner une seule fois pour voir si son prisonnier le suivait, Gruba s'enfonça dans un des sentiers de la forêt.

Quand Manon s'éveilla, elle fut un long moment avant de se rendre compte du lieu où elle se trouvait. Autour d'elle, la roche dans laquelle était creusée la salle souterraine répandait sa lueur phosphorescente. Aucun bruit ne se faisait entendre.

Manon se redressa, passa la main sur son front... Et bientôt, elle se souvint de tout.

Cette salle, c'était celle où l'avait conduite hier le fakir, l'homme au regard brillant. Quelle heure était-il ?... Faisait-il jour ou nuit, au-dehors ?

Elle regarda sa montre qui marquait dix heures.

A ce moment, un léger bruit de pas se fit entendre... Anang apparut, venant du couloir rocheux par où la jeune femme avait été introduite hier dans la salle. L'Hindou s'avança et salua Manon avec un respect profond.

Elle dit d'un ton de soulagement :

— Ah ! te voici, Anang !... Cela me fait du bien de voir le visage d'un fidèle, après avoir passé par tant d'angoisses près de ces traîtres !

— Oubliez ces mauvais moments, madame... Ici, vous êtes en sûreté...Quant à ces misérables, ils seront bientôt punis. Déjà, l'un d'eux est entre les mains de Gruba.

— Dis-tu vrai ?

— Oui, madame. Ce matin, le fakir est rentré, suivi d'un de vos agresseurs, le frère de Sâti, paraît-il.

Manon frissonna.

— Juggut ! Comment a-t-il fait ?

— Je l'ignore... Gruba ne dit que ce qu'il veut... L'homme, obéissant à son pouvoir mystérieux, le suivait comme un chien. Il lui a fait avouer ce qu'il savait du complot de Sangram contre Sa Hautesse... Mais ce misérable n'est pas au courant de tout, car il n'était, paraît-il, qu'un instrument entre les mains du traître.

— Que va en faire le fakir ?

— Pour le moment, le retenir prisonnier... Il est possible qu'il puisse lui servir

196

encore. Maintenant, si vous le permettez, madame, votre serviteur va vous apporter quelque nourrrriture, bien frugale, hélas !... C'est tout ce dont dispose Gruba...

— Ce sera bien, très bien ! Mais dis-moi, Anang, le fakir ne devait-il pas se rendre près de Sa Hautesse ?

— Il vient de partir, madame... Dans quelques heures, il sera ici.

Ces heures parurent fort longues à Manon, dans la solitude de la salle phosphorescente... Et quand la maigre silhouette du fakir apparut à l'entrée, elle se mit debout vivement, alla vers l'arrivant...

— Vous avez vu Maun-Sing ?

— Je l'ai vu... Il m'a remis un mot pour vous.

Et sa main décharnée tendit à la jeune femme un papier dont elle se saisit :

Elle le déplia et lut :

« Ma bien-aimée,

« Par quelles émotions ai-je passé, tandis que Gruba me racontait ta terrible aventure ! Ah ! pourquoi faut-il que je t'aie entraînée là, moi qui t'aime plus que tout ! Manon, pourras-tu jamais me pardonner ?

« Oui, je serai prudent comme tu me le demandes, j'attendrai le moment favorable pour quitter la retraite inviolable où je me trouve. Mais toi, je veux que tu sois le plus tôt possible en sûreté... J'ai donné à Gruba mes instructions, afin qu'Anang te fasse quitter l'Inde et t'accompagne en Europe, où je te rejoindrai aussitôt que je le pourrai.

« Il te faudra, avant cela, attendre quelques jours, sous la protection du fakir, car ce misérable Sangram et Sâti doivent te chercher encore. Gruba va faire son possible pour les mettre hors d'état de nuire. Quand ce résultat sera atteint, tu quitteras sa demeure, en compagnie d'Anang, et, avec toutes les précautions nécessaires pour dissimuler ton identité, tu gagneras un port d'où tu t'embarqueras pour la France. Tu t'installeras dans ta petite maison du Jura, à Clamanches, et c'est là, chère bien-aimée, que j'irai te retrouver, pour ne plus te quitter.

« Gruba doit revenir cette nuit près de moi. Ecris un mot, qu'il me remettra. J'ai tant de hâte de savoir comment tu as supporté ces affreuses épreuves ! Ah ! que je voudrais être près de toi, mon amour, pour t'entourer de ma protection, de mon ardente tendresse, pour baiser tes beaux yeux las et tes joues pâlies par tant d'angoisses !

« Gruba m'a appris la mort de Jeimal. Pauvre ami, si doux, si profondément dévoué ! Ah ! que ce Sangram me tombe sous la main, et il payera au triple les affres par lesquelles il t'a fait passer, et sa trahison, et l'assassinat de Jeimal ! Quant à Sâti, je lui réserve une punition qui sera pour elle pire que la mort.

Je suis ici entouré de quelques fidèles, qui ont pu, avec moi, échapper aux Anglais. Dhaula est de ce nombre. Dhava, au moment d'être pris, s'est empoisonné.

« Ces deux hommes m'ont été néfastes. Excités par leur fanatisme, ils m'ont conduit à cette folie, que tu as vainement essayé d'enrayer. Ah ! ma petite Manon, ma sage conseillère, si je t'avais écoutée !

« Mais nous nous reverrons et nous aurons encore des jours heureux. Au revoir, ma chérie, ma femme tant aimée. »

Quand Manon eut terminé cette lecture, elle leva ses yeux, où montaient des larmes d'émotion, sur le fakir dont le regard scrutateur s'attachait sur elle.

— Je vous remercie de m'avoir apporté cette lettre de Maun-Sing... Quand vous le reverrez, vous pourrez lui dire que vous m'avez trouvée en bonne santé. D'ailleurs, je vous remettrai encore un billet pour lui.

— Il sera aussi fidèlement transmis que le précédent, madame. Et je m'efforcerai, selon le désir de Maun-Sing, de vous rendre moins pénible le séjour de ma très pauvre demeure.

La jeune femme eut un geste d'insouciance, en répliquant vivement :

— Oh ! Cela n'a aucune importance ! Pourvu que je le sache hors de danger, je serai bien partout. Mais dites-moi, vous avez pu vous emparer de l'un de mes agresseurs ?

— Oui, Juggut, le frère de Sâti. Il m'a confirmé ce que je savais déjà. C'est Sangram qui a trahi Maun-Sing. Quant à vous, il paraît que l'ancien brahme avait à votre égard une hostilité particulière et tenait beaucoup à vous faire disparaître.

— Oui, je le sais, tout en en ignorant les raisons.

— Ces raisons, je les connaîtrai, si j'arrive à m'emparer de cet homme, car je le forcerai à me les dire. Maintenant, madame, je me retire... Il vous suffira d'appeler pour qu'Anang, qui ne se trouve pas loin d'ici, accoure aussitôt.

Quand le fakir eut disparu, Manon porta à ses lèvres la lettre de son mari, en murmurant :

« Ah ! mon ami, quand nous reverrons-nous ?... Quand serons-nous loin de ce pays, tous deux, seuls et tranquilles enfin ? »

200

XII

A travers la forêt, Sangram et Sâti avaient fui, loin du fakir aux yeux fascinateurs. La jeune fille suivait l'ancien brahme, sans se rendre compte du danger auquel il essayait d'échapper. Qu'avait donc de si redoutable cet homme seul, un vieillard ? Et pourquoi, aussi, Juggut ne les avait-il pas suivis ? Enfin, Sangram s'arrêta.

Il était blême et ses lèvres tremblaient. Sâti s'écria :

— Explique-moi !... Voyons, qu'y a-t-il ? Quel est cet homme, qui paraît si bien te connaître ?

Sangram laissa passer un moment, avant de répondre... Sa respiration était gênée par la course qu'il venait de fournir. Puis, il réfléchissait, les yeux sombres les sourcils violemment froncés.

Enfin, il posa sur le bras de Sâti sa main longue et dure.

— Cet homme est Gruba, un fakir

vénéré entre tous. Il possède des secrets, empruntés aux forces mystérieuses et encore inconnues de la nature, et qui font de lui un être redoutable. C'est ainsi qu'il peut, instantanément, se plonger lui-même dans un sommeil hypnotique, pendant lequel il voit ce qui se passe à des distances considérables. Ce même sommeil, il peut l'imposer à autrui avec une instantanéité semblable et l'obliger à parler... à révéler tout ce qui se cache dans sa pensée. Comprends-tu maintenant, Sâti ?

« Tout à l'heure, tandis qu'il me regardait, j'ai senti qu'il allait me prendre ma volonté... J'ai eu le temps d'échapper, en t'entraînant... Quelques secondes de plus, il était trop tard. Il m'aurait fait parler... j'aurais tout dit... non seulement ce qui me regarde, mais encore ce qui a trait au secret que je partage avec un autre...

« Maun-Sing et Manon auraient triomphé, en l'apprenant, car, pour elle, une telle révélation serait un bonheur et, lui, prendrait une éclatante revanche sur les adversaires de sa bien-aimée.

Sâti eut une exclamation rauque.

— Ah ! non, non, il ne faut pas cela ! Du bonheur, à elle ! quand déjà elle nous a échappé !... quand elle est peut-être en ce moment près de Maun-Sing ! Mais, maintenant, nous ne craignons plus rien du fakir...

Sangram l'interrompit, en secouant la tête.

— Tu crois cela ? Cet homme est d'une habileté diabolique. Fanatiquement dévoué à Maun-Sing, il a vu que nous étions ses ennemis et fera tout au monde pour nous mettre à sa discrétion. Enfin, nous allons du moins tenter de lui échapper. Malheureusement, Juggut est resté entre ses mains. Mais lui, sait peu de chose. Il croit simplement que j'avais contre le maharajah une haine personnelle, et que ce seul motif m'a guidé pour livrer son secret au gouvernement anglais... Or, il en est tout autrement. Maun-Sing m'importait peu. Ce que je visais, c'était son trésor... et la vie de la Française enlevée par lui.

Sâti murmura :

— Oui, j'ai compris que tu la poursuivais d'une animosité particulière...

— Elle est un danger pour moi et pour un autre. Voilà pourquoi il fallait qu'elle disparût. Maintenant, je ne sais si jamais ce but sera atteint. C'est pourquoi, Sâti, je vais te charger d'une mission...

Il s'interrompit, songea un long moment, les yeux fixés sur le pâle visage de femme contracté par la sourde fureur qui agitait l'âme haineuse, depuis que sa victime lui avait échappé.

Puis il se reprit :

— Je vais tenter encore de reprendre l'avantage... Mais il est très possible que je sois vaincu et que je tombe entre les mains de Gruba. En ce cas, j'ai un moyen immédiat de me donner la mort, avant que le fakir puisse m'obliger à parler. En prévision de ce malheur, il faut que nous nous séparions... Tu gagneras Calcutta, tu te rendras à une adresse que je vais t'indiquer, où tu revêtiras un costume européen. Puis la personne de confiance à qui je t'envoie t'embarquera pour la France.

« A Marseille, tu prendras le train pour une destination que tu trouveras écrite sur le papier que je te remets... Là, tu demanderas le comte de Courbarols, tu lui donneras cette lettre en lui racontant ce qui s'est passé. Après cela, tu attendras là-bas... Si j'ai échappé à Gruba, j'irai t'y rejoindre... Sinon, tu demanderas à M. de Courbarols, qui est mon ami, de te conserver l'hospitalité de son toit.

« Mais à aucun prix, ne fais allusion à Manon devant sa femme ! Dis, à l'intention de la comtesse, que tu es ma nièce, que je suis tombé victime d'ennemis acharnés, que tu as dû fuir leurs persécutions...

« As-tu compris ?

— Oui. Mais cette Manon, qui est-elle réellement ? Pourquoi la poursuis-tu ainsi ?

— Que t'importe ! Obéis-moi, sans chercher à savoir. Adieu. J'ai confiance en ton intelligence, en ton habileté... Voici de l'argent pour ton voyage. Maintenant, pars.

— Soit ! Mais tâche de la retrouver, cette femme que je hais, et charge-toi de ma vengeance, puisque je ne puis la satisfaire moi-même.

— Compte sur moi.

Sâti inclina la tête pour prendre congé de son compagnon et s'éloigna, les yeux pleins de cette haine qu'elle n'avait pu rassasier.

Sangram demeura un long moment immobile... De lourdes préoccupations se lisaient dans son regard assombri. Enfin, il secoua les épaules en murmurant :

— Il faut que j'aille jusqu'au bout ! Sans quoi, tout est perdu pour Courbarols et pour moi. »

***
***

Le soir de ce jour, Maun-Sing se trouvait seul dans une des salles du labyrinthe souterrain où il se dérobait aux recherches de ses ennemis.

Préparée de longue date, cette retraite était somptueusement ornée et rien n'y manquait de ce qui pouvait servir au bien-être du maharajah. Le roc des murailles disparaissait sous des soieries tissées d'or et d'admirables tapis de Perse couvraient le sol. Des lampes précieuses répandaient une lueur douce sur le divan de soie jaune brochée d'argent où était assis Maun-Sing.

Le maharajah tenait un livre à la main. Il l'avait laissé retomber sur ses genoux et songeait, le front soucieux. Son visage était amaigri et l'éclat de ses yeux semblait atténué.

Une draperie s'écarta, livrant passage à Dhaula.

Le brahme conservait toujours son air impassible. Il vint à son maître et s'inclina profondément.

— Qu'y a-t-il ?

— Seigneur, si tu le veux, tu peux encore espérer reprendre le dessus. Voici un message que t'envoie Seamli... Tes fidèles sont toujours nombreux et prêts à t'obéir, à te suivre où il faudra.

Rien ne bougea sur le beau visage aux yeux sombres et hautains.

Maun-Sing prit la feuille que lui présentait Dhaula, il la lut, puis, d'un geste calme, il la déchira et en jeta les morceaux à la face du brahme, incliné devant lui.

Dhaula se redressa, blême, tremblant, enlevé cette fois à son impassibilité coutumière.

Maun-Sing dit froidement :

— Te figures-tu donc que je vais continuer cette folie où tu m'as entraîné ? Non, c'est fini, bien fini... Cherche un autre homme qui accepte le rôle que tu as voulu me faire jouer.

Dhaula fit un pas en avant. Ses yeux luisaient de colère en s'attachant sur le maharajah.

— Ah ! tu renonces, décidément ? Ce rêve, qui fut celui de ton père, tu le foules aux pieds ?

— Mon père était poussé, conseillé par toi et Dhava, qui rêviez d'établir votre pouvoir religieux sur toute l'Inde, soumise à mon autorité.

— Eh bien ! quand cela serait ? Que vois-tu là de répréhensible, seigneur ?

— Je n'y verrais rien, en effet, si tu n'avais usé de la supercherie pour atteindre ton but. Tu n'as même pas reculé devant le crime, afin de satisfaire ton fanatisme... Souviens-toi de cet homme, ce Broquerel, que tu fis mourir parce que tu avais trouvé chez lui une statue jadis enlevée par un de ses ascendants au temple de Houlia.

— Certes ! Et je me glorifie de cet acte ! D'ailleurs, j'estime bons tous les moyens... Ah ! je suis bien certain, seigneur, que tu raisonnerais autrement, s'il n'était pas entré dans ta vie une femme néfaste, cette chrétienne, cette Française maudite...

Maun-Sing l'interrompit avec violence.

— Tais-toi ! Je te défends de parler d'elle

ainsi ! Elle est victime des chimères vers lesquelles tu m'entraînais et dont elle voulait me détourner.

Dhaula jeta dans un cri de fureur :

— Elle a affaibli ta volonté, elle a fait de toi l'esclave de ses caprices ! A ses pieds, tu as tout oublié, et c'est d'un cœur amolli, hésitant, que tu es allé vers ta mission de libérateur. Ah ! oui, oui, maudite ! cent fois maudite soit-elle !

— Misérable !

Maun-Sing se levait brusquement, en arrachant un poignard de sa ceinture.

Dhaula eut un mouvement de recul.

Le bras du maharajah s'éleva, prêt à frapper. Mais il s'arrêta dans ce geste. Laissant retomber la main qui tenait le poignard, Maun-Sing dit sourdement, en attachant sur le brahme des yeux étincelants d'irritation :

— Je veux me souvenir que tu étais l'ami de mon père et que tu m'as élevé... bien mal élevé, d'ailleurs, mais enfin ! Retire-toi et ne reparais plus devant moi, si tu tiens encore à la vie.

Le brahme s'éloigna, à reculons. Toute sa déception et sa rage, devant l'écroulement de ses desseins, se lisaient sur sa physionomie convulsée.

Maun-Sing se mit à marcher à travers la pièce.

D'une main fébrile, il tourmentait le manche du poignard, incrusté de diamants et de rubis merveilleux.

Il s'arrêta tout à coup, jeta l'arme sur le divan et prit dans son vêtement une photographie.

C'était celle de Manon... Lui-même l'avait faite, à Madapoura. La jeune femme, en costume hindou, était représentée en buste. Ses yeux, sa bouche charmante souriaient tendrement au bien-aimé. Maun-Sing appuya longuement, passionnément ses lèvres sur l'admirable visage... Et il murmura :

« Va, ne crains rien, mon amour, je suis tout à toi, maintenant ! Dhaula n'est qu'un ambitieux et un fanatique, et il te déteste, parce que tu es la bonté, la noblesse d'âme, et que tu es puissante sur moi. Chère Manon, cet homme ne sera plus désormais entre nous ! »

A ce moment, la draperie de soie claire aux broderies d'or s'écarta de nouveau. Un serviteur apparut et se prosterna.

Le maharajah demanda :

— Qu'est-ce, Dévi ?

— Seigneur, Gruba souhaiterait que Ta Hautesse lui permît de paraître devant elle.

— Introduis-le.

Quelques instants plus tard, le fakir apparaissait devant Maun-Sing.

Le maharajah alla vers lui, la main tendue.

— Salut, Gruba ! Tu m'apportes des nouvelles de la jeune femme ?

— Oui, seigneur... Voici une lettre qu'elle m'a remise pour toi.

« Et j'ai aussi une chose importante à t'annoncer.

— Laquelle ?

— Tout à l'heure, à la tombée du jour, j'ai découvert Sangram qui essayait de m'échapper.

Maun-Sing eut une exclamation.

— Sangram ! Ah ! la bonne prise que voilà !

— L'ayant saisi, en dépit de sa résistance, je voulus aussitôt lui imposer ma volonté... Mais il avait eu le temps d'avaler un poison composé par lui à l'avance, sous quelque forme facile à dissimuler. Je le vis pâlir, s'affaisser, avec de l'écume aux lèvres... Aussitôt, je lui versai entre les dents l'élixir qui a raison de tout poison, si violent qu'il soit. Puis j'amenai l'homme ici. Il est inanimé et ne pourra parler avant un jour ou deux, quand le remède aura produit tout son effet. Alors, je le mettrai en état de raconter à Ta Hautesse tout ce qu'elle désire savoir.

— Ah ! merci, Gruba ! C'est un immense service que tu me rends là, ainsi qu'à la

jeune Française que tu as sauvée... Sangram connaît un secret la concernant, et, ce
secret, il faut qu'il me le livre, pour qu'elle
retrouve sa famille, son nom, sa fortune.

— Tu l'auras, seigneur. Cet homme te
dira tout ce que tu désires savoir. En ce
moment, il est dans un état comateux, dont
il sortira de lui-même après un temps que je
ne puis fixer... Je reviendrai demain, pour
me rendre compte de ce qu'il devient et le
faire parler, si c'est le moment.

Quand, un peu plus tard, le fakir sortit de
la salle, une ombre s'enfonça dans l'obscurité d'un couloir.

Gruba, dont les sens de l'ouïe et de la vue
s'étaient extraordinairement développés,
dans sa vie solitaire, perçut le frôlement
imperceptible pour tout autre que pour lui..
Revenant alors sur ses pas, il dit au maharajah :

— Quelqu'un devait nous écouter, seigneur. Prends garde !

— Qui donc ? Personne n'oserait, parmi
mes serviteurs !

— Il y avait quelqu'un là, cependant.
Cherche, méfie-toi, seigneur !

Il s'éloigna et Maun-Sing demeura seul,
soucieux, impatient, heureux aussi, à l'idée
que le voile couvrant l'origine de Manon
allait enfin être levé.

La vérité, il la soupçonnait déjà... Mais la

révélation qui en serait faite par l'un des complices effacerait le moindre doute, pour la jeune femme et pour lui.

Manon, la bien-aimée, ne souffrirait plus désormais du mystère qui l'entourait. Elle aurait un nom. Quant aux coupables, ils subiraient la peine due à leurs crimes.

Les misérables, avec quelle ténacité ils s'étaient acharnés sur la jeune créature innocente, qui gênait leurs desseins de lucre et leurs manœuvres hypocrites !

De Sangram, il se chargerait, d'ailleurs ! Celui-là et Juggut, que le fakir retenait prisonnier, payerait cher tout ce qu'ils avaient fait souffrir à Manon.

Quant à Sâti, qui avait échappé pour le moment, on verrait à la reprendre bientôt. Et celle-là, son supplice serait long, raffiné, supplice moral surtout, qui aurait plus de prise sur elle que tout autre.

En songeant ainsi, le maharajah était sorti de la salle… Il voulait voir en quel état se trouvait Sangram.

Le traître avait été jeté dans une anfractuosité du labyrinthe, sur le sol. A la lueur d'une lampe que tenait un serviteur appelé par Maun-Sing, celui-ci vit son corps raidi, son visage tiré, de couleur terreuse, ses paupières closes… Le misérable semblait mort. Mais Maun-Sing savait de quelles puissantes ressources disposait la science mystérieuse transmise d'âge en âge et dont lui-même possédait de si précieux secrets.

D'un pas lent, le maharajah revint à la salle magnifique. Il alluma machinalement une cigarette et s'assit, les yeux songeurs, en pensant à Manon et au bonheur que lui apporterait la révélation de Sangram.

. . . .

Le lendemain soir, Gruba reparut. Il venait voir en quel état se trouvait le prisonnier.

Maun-Sing, qui avait donné l'ordre de le prévenir aussitôt qu'arriverait le fakir, déclara à celui-ci :

— Le traître n'a pas encore donné signe de vie.

— Je ne m'en étonne pas. Le poison devait être très violent et la réaction est d'autant plus longue à se produire.

Avec le maharajah, Gruba se rendit près de Sangram... L'ancien brahme demeurait dans la position où on l'avait mis. Ses traits semblaient, dès l'abord, plus tirés que la veille, le nez se pinçait, la peau avait pris des teintes livides... Gruba se pencha, palpa le corps, souleva les paupières, puis, se redressant, regarda le maharajah en prononçant :

— Cet homme est mort, seigneur.

Maun-Sing jeta un cri de colère.

— Que m'avais-tu dit, hier ? Tu me répondais qu'il reviendrait à la vie, suffisamment du moins pour parler...

— Cela devait être, en effet. Mais il s'est produit quelque chose, depuis lors...

Tout en parlant, le fakir se penchait de nouveau sur le corps. D'une main, il tenait la lampe élevée, tandis que de l'autre il écartait les vêtements du mort.

Une légère exclamation lui échappa.

— Ah ! voilà !

Maun-Sing, qui suivait ses mouvements avec une attention ardente, s'écria :

— Quoi donc ?

— Cet homme a été étranglé. Regarde, seigneur... La marque du cordon de soie est visible sur son cou.

Il soulevait le corps, afin que Maun-Sing, en se courbant, pût voir ce qu'il lui désignait.

— C'est exact ! Etranglé ! Mais par qui ? Et pour quel motif ? Ainsi, voilà tout mon plan écroulé ! Ah ! que je trouve l'auteur de cet acte, et je le lui ferai expier chèrement !

Dans les yeux sombres s'allumait une irritation violente.

Le fakir déclara :

— Je te le ferai découvrir, seigneur. Mais aurais-tu donc un traître, un ennemi, parmi ceux que tu appelles tes fidèles ?

214

Maun-Sing répéta :

— Un traître ? Un ennemi ?

Il songea pendant un long moment, les paupières abaissées. Puis, les relevant, il dit d'une voix frémissante :

— Dhaula en veut mortellement à la jeune Française que tu abrites en ta demeure. Il savait que Sangram détenait un secret la concernant. Par vengeance, il aura fait mourir cet homme...

— C'est possible. Et souviens-toi, seigneur, de l'ombre que je crus voir, hier, s'éloigner, quand je te quittai... C'était lui, sans doute. Il écoutait...

— Evidemment ! Ah ! le misérable ! Gruba, tu vas m'aider à le démasquer !

— Il avouera tout, maître souverain.

Un peu plus tard, Dhaula, appelé par l'un des serviteurs du maharajah, entrait dans la salle où Maun-Sing se tenait, assis sur le divan, avec le fakir debout près de lui.

Le brahme paraissait très calme... Seul, un observateur pouvait discerner dans son regard une lueur inquiète.

Maun-Sing demanda, à brûle-pourpoint :

— C'est toi qui as étranglé Sangram ?

Dhaula eut un geste de stupéfaction.

— Sangram ? Que veut dire Ta Hautesse ? Je ne comprends pas...

Les yeux du fakir se rivaient aux siens. Il frissonna, essaya de détourner son regard...

Mais, déjà, il était trop tard. Le fluide puissant d'une volonté supérieure à la sienne, et savamment exercée par des méthodes séculaires jalousement tenues secrètes, se saisissait de sa pensée, la tenait prisonnière...

Gruba déclara :

— Il te dira maintenant la vérité, seigneur.

De nouveau, Maun-Sing interrogea :

— Tu as étranglé Sangram ?

Dhaula répondit d'une voix morne :

— Oui, seigneur.

— Pourquoi ?

— Pour me venger de la Française.

— Tu savais donc que j'allais lui faire révéler le secret relatif à Manon ?

— Oui, maître souverain.

— Comment le savais-tu ?

— J'ai écouté, hier, tandis que Ta Hautesse s'entretenait avec Gruba.

— Et tu as résolu aussitôt d'empêcher que Sangram revînt jamais à la vie ?

— Oui, seigneur.

Le beau visage du maharajah se contracta de colère. Mais, se contenant, Maun-Sing reprit, après un instant de silence, pendant lequel Gruba continua de tenir le brahme sous la puissance de son regard :

— Quel but poursuivais-tu en m'engageant dans ce complot contre la domination anglaise ?

— Je voulais, avec Dhava, établir notre toute-puissance sur l'Inde entière, courber les peuples sous notre domination... En ton nom, nous aurions été les maîtres et, de tous ces souverains qui se partagent le pays, nous aurions fait nos esclaves.

— Rêve d'ambition, alors, uniquement ? Ce n'était pas plus grand bonheur pour vos frères que vous poursuiviez ?

Dhaula eut un sourire cynique.

— Non ! Nous voulions faire de toi le maître de l'Inde pour, quand tu aurais été enivré par la toute-puissance, amolli par les plaisirs, saisir tout le pouvoir et régner en ton nom, comme ministres omnipotents.

Un éclair traversa le regard de Maun-Sing, un léger rire sarcastique s'échappa des lèvres pourpres. Puis le maharajah demanda encore :

— Et ta nièce, Sâti, qu'est-elle devenue ?

— Je l'ignore, seigneur.

— Tu ne sais pas qu'elle et son frère Juggut étaient les complices de Sangram ?

— Non, je ne le sais pas.

— Tu n'as eu aucun rapport avec Sangram ?

— Aucun, seigneur.

Le maharajah fit un geste... Gruba détourna les yeux, s'écarta légèrement...

Dhaula tressaillit un peu, comme un homme brusquement éveillé.

Maun-Sing dit avec une froide ironie :

— Je vois, mon fidèle conseiller, que tu ne t'oubliais pas dans les projets ambitieux que tu formais pour moi.

Le brahme balbutia :

— Je ne sais ce que...

— Allons, ne nie rien ! Tu viens, malgré toi, de me dévoiler ta belle âme. Après cela, je n'ai plus de peine à croire que tu sois — de complicité avec Dhava probablement — l'auteur de certaines tentatives de meurtre contre Manon, que je ne m'expliquais guère. La panthère lâchée, le poison présenté par Sâti, la nuit passée dans le temple de Kâli...

L'impassible visage de Dhaula pâlit, ses paupières battirent. D'une voix qui tremblait légèrement, le brahme répondit :

— Je ne puis te dire qu'une chose, seigneur : c'est que j'ai toujours agi pour ta gloire et pour le bien des peuples de l'Inde. Cette femme m'apparaissait dangereuse pour la réalisation du plan magnifique que nous poursuivions : j'ai donc essayé de t'en délivrer, malgré toi. D'ambition personnelle, je n'en ai jamais eu...

— Tais-toi ! Je n'entendrai pas plus longtemps tes mensonges. Toujours, tu as excité mon orgueil, en m'entourant d'adulations,

218

en me traitant comme une divinité. Maintenant, c'est assez !

« Tu as essayé de faire mourir cette jeune femme que j'aime, à cause de son âme trop noble, trop honnête, qui exerçait sur moi une puissante influence ; tu as achevé Sangram, pour que je ne puisse pas connaître le secret qu'il détenait. Ainsi donc, tu mérites le châtiment suprême. Déjà, ton neveu, Juggut, est condamné. Tu le suivras dans la tombe.

« Gruba, je te confie cet homme... Donne-lui une mort prompte, car je veux bien me souvenir qu'il a rempli près de moi la place de mon père. Quant à Juggut, fais-lui payer cher les angoisses qu'a dû endurer par lui celle que j'aime plus que moi-même.

Le fakir s'inclina, en signe d'acquiescement.

Dhaula avait eu un long frisson.

Mais il se raidit aussitôt et dit d'une voix rauque :

— Tu commets une injustice, seigneur. C'est ton plus fidèle serviteur que tu jettes à la mort.

Maun-Sing, sans paraître avoir entendu, détourna les yeux et prit un livre placé sur le divan, près de lui.

Le fakir posa sur le bras de Dhaula sa main décharnée, en enfonçant son regard

dans celui du brahme, et dit impérative-
ment :

— Viens !

L'autre, sans un essai de résistance, le
suivit hors de la salle.

Maun-Sing demeura un long moment
immobile, le livre entrouvert entre les
mains.

Puis il prit une feuille et commença
d'écrire :

« Manon bien aimée,

« Demain, quand Gruba viendra me voir,
il prendra cette lettre et te la portera. En
même temps, il te donnera de vive voix,
ainsi qu'à Anang, mes instructions pour ton
départ, que je désire très prochain.

« Oui, il faut que tu quittes ce refuge un
peu trop rudimentaire, ma chérie. Il faut
que tu rentres en France. J'espère que,
bientôt, la surveillance se relâchera pour
moi et que je pourrai te rejoindre. Il me
faudra, naturellement, user de beaucoup de
ruse. Mais j'ai d'habiles serviteurs et des
fidèles un peu partout — tel cet excellent
Gruba, auquel je dois tant de reconnaissance.

« Il faut donc nous résigner à une sépara-
tion de quelque temps encore... Mon
amour, les heures me semblent intermina-

220

bles, loin de toi ! Mais la prudence nous commande d'agir séparément pour quitter ce pays. Anang, si intelligent et débrouillard, te sera, je l'espère, d'une grande utilité.

« Tu n'as plus rien à craindre de Sangram, ni de Dhaula et de Juggut. Mais Sâti a échappé à ma justice. Donc, méfie-toi un peu, jusqu'à ce que tu aies quitté l'Inde. Je crois d'ailleurs que, seule maintenant, il lui est bien impossible de te nuire.

« Au revoir, petite reine de mon cœur ! Au revoir !

« Ah ! si je ne craignais d'être imprudent, comme je dirais à Gruba de t'amener ici, demain, pour te garder pendant quelques jours, avant que tu me quittes pour des mois, peut-être !

« Dis-moi, serait-ce raisonnable ? Le veux-tu ? Gruba est si clairvoyant, si habile ! Il te conduirait vers moi sans encombre, j'en suis sûr.

« Oui, je veux te voir, ma bien-aimée Manon ! Je veux entendre tes mots de pardon, tes mots de tendresse, et te redire une fois de plus tout l'amour dont tu es l'objet. Viens, viens, Manon chérie ! »

Huit jours plus tard, dans la salle souterraine aux tentures de soie tissée d'or, le maharajah serrait une dernière fois entre ses bras la jeune femme qui allait s'éloigner avec Anang. Il baisait passionnément les paupières tremblantes, en murmurant :

— A bientôt ! Et cette fois, je serai tout à toi, Manon, ma femme tant aimée !

Sous l'œil des Brahmes, Tome II, est la suite du présent volume. Le lecteur y retrouvera les mêmes personnages.

Achevé d'imprimer en octobre 1983
sur les presses de l'Imprimerie Bussière
à Saint-Amand (Cher)

— N° d'édit. 55. — N° d'imp. 2070. —
Dépôt légal novembre 1983.

Printed in France

ISBN 2-235-01470-4